KB036482

내 여동생이 이렇게 귀여울 리가 없어 ⑮

쿠로네코 if
상

Nae yeodongsaengi
irerke guiyeoul
riga upser ⑮

Tsukasa Fushimi
후시미 츠카사
Illustration◆칸자키 히로

contents

내 여동생이 이렇게 귀여울 리가 없어

15

쿠로네코 if

상

후시미 츠카사
Tsukasa Fushimi
Illustration◆칸자키 히로

이 이야기에는 초자연 현상 등의 요소가 포함되어 있습니다.

나는 코우사카 쿄우스케, 지극히 평범한 고등학생이다.

…라는 이 자기소개, 벌써 몇 번을 반복했을까.

미안. 이제 지긋지긋하지.

하지만 뭐, 조금만 더 참아줘.

인상 흐린 나 같은 인간은 벌써 잊어버렸을지도 모르잖아.

머리가 복잡해지지 않게 확실하게 해두지 않으면 안 될 것도 있다고.

예를 들어 지금이 언제인가 같은 거.

뭐, 그전에 말이지.

이렇게 긴 이야기를 들어줬구나…. 이쯤에서 한 번 머리를 리셋해두길 추천하겠어.

여동생 같은 말투지만, 지난 루트의 기억을 갖고 있으면 이상하잖아.

…리셋됐어?

그럼 다시 한번 중요한 부분부터 살짝 복습을 해보자고.

내겐 키리노라는 세 살 어린 여동생이 있어.

이 녀석이 진짜 엄청 건방진 녀석인데… 생긴 건 누구보다도 귀엽긴 하지만 말이지.

우린 굉장히 사이가 나빴어.

한 지붕 아래에서 사는데 말도 안 하고 눈도 안 마주치고. 그만큼 끔찍했지.

하지만 어느 날, 나는 여동생의 비밀을 알게 돼.

'여동생과 에로 게임을 사랑하는 오타쿠'라는 어마어마한 비밀을 말이야.

그렇게 나는 끔찍하게 싫은 여동생에게서,

…인생 상담이 있어.

그게 커다란 소동의 시작이었다.

긴 이야기의 시작이었지.

하지만 그런 '나와 여동생'의 이야기에도 이렇게 한 단락이 맺어지게 됐지.

그래.

키리노는 해외에 스포츠 유학을 가게 되어 일본을 떠났어.

내 앞에서 없어졌다고.

그걸로 끝… 이라고, 당연히 그렇게 되지 않지만.

내 시건방지고 짜증 나고 귀여운 여동생은 한동안 이야기에 나오지 않아.

자, 그럼 이제 본 주제다.

중요한 거니까 귀 세우고 잘 들으라고.

'지금'은 내게 고등학교 3학년 6월.

동생에게 중학교 3학년 6월.

내가 키리노의 취미를 알게 된 지 1년 후.

고코우 루리가 내 후배가 된 지 2개월 후다.

그리고 미리 선언해두지.

지금부터 이야기할 것은 '나와 여동생'의 이야기가 아니다….

나와 쿠로네코의 이야기다.

쿠로네코는 그녀의 닉네임으로, 본명은 고코우 루리다.

앞머리를 단정하게 자른 아름다운 검은 머리, 눈처럼 하얀 피부, 검은 고딕 롤리타 복장을 사복으로 입으며, 중2병이라 놀림받는 발언을 해대는… 오타쿠이자 귀여운 여동생의 친구.

그게 내게 있어 쿠로네코라는 소녀의 인상이었다.

그녀와의 만남은 약 1년 전의 아키하바라.

여동생인 키리노가 친구를 사귀기 위해 오타쿠 서클 '오타쿠 소녀 모여라—'의 오프 모임에 참가했을 때다.

오타쿠인 여자애들이 각자 같은 취미에 대한 이야기꽃을 피우는 자리에서 덩그러니….

즐거운 환담에 어울리지 못하는 녀석들이 있었다.

그게 키리노와 쿠로네코였다.

오타쿠 서클의 문제아들.

혹은 낙오자들.

처음엔 그런 느낌이었지.

그래서… 서클의 주최자인 사오리 바지나가 배려해서 두 사람을 2차 모임에 초대해줬다. 그렇게 해서 친구가 되었다.

…그거 메루루랑 같은 시간대에 하는 거 아냐? 사기안 중2병 애니란 평인 거.

…흘려 넘기지 못할 소리를 하는구나, 너.

…그건 모에만 있으면 만족하는 커다란 친구들밖에 안 보는 졸작이야.

라고 처음엔 싸움이 벌어졌었지만.

…아, 가엾어라! 그걸 못 봤다니! 어린이 애니를 우습게 보지마!

…뭐가 중2병 애니라는 거야.

…난 그 세 글자로 형성되는 단어가 죽을 만큼 싫어.

거리낌 없이 남 눈치 안 보고 좋아하는 취미에 대한 이야기를 하고.

전력을 다해 의견을 토해내고 서로 욕설을 주고받고.

어찌 됐든 엄청 즐거워 보였지. 싸움을 말리려고 '겨우 애니일 뿐이잖아'라고 했더니 입을 모아 날 물어뜯으려고 들었고.

정말 죽이 맞는 건지 안 맞는 건지 모르겠다니까.

그날 만난 쿠로네코와 사오리는 키리노가 사귄 첫 오타쿠 친구고.

나한테도 처음으로 생긴 오타쿠 친구였다.

그 뒤로 여러 가지 일이 있어서 키리노와 쿠로네코의 관계는 점점 돈독해져갔고.

동시에 어느새… 나와 쿠로네코의 관계도… 조금씩 바뀌어갔을 것이다.

내게 '동생의 친구'였던 쿠로네코는….

이젠 내 후배로서, 고코우 루리로서 같은 학교에 다니고 있다.

고등학생이 된 쿠로네코는 처음에는 낯가림 속성을 발휘해 반에서 고립되었던 것 같았는데… 동아리 활동인 '게임 연구회'에 가입

한 것을 계기로 아카기 세나라는 친구도 사귀게 되었고, 조금씩 반에 익숙해지고 있다….

그게 나와 쿠로네코의 현 상황이다.

이제 좀 기억이 나셨나?

그럼 시작해볼까.

교정의 벚꽃이 모두 지고 계절이 여름으로 바뀌어갈 무렵.

6월의 방과 후로부터 if(만약)의 이야기를 리스타트하기로 하자.

그날, 수업을 마친 나는 게임 연구회 동아리방으로 향했다.

동아리 건물 복도를 걷는데 2층으로 가는 계단 앞에서 쿠로네코와 만났다.

그녀는 내게 언뜻 보면 무뚝뚝한 것 같은 차분한 모습으로 가볍게 인사를 했다.

"어머, 선배… 안녕하세요."

"여어."

한 손을 들어 답한다.

최근에 알게 된 건데, 아무래도 오늘의 쿠로네코는 기분이 좋은 것 같다.

조금 의외였다.

왜냐하면 쿠로네코에겐 우울해질 만한 이유가 있었기 때문이었다.

게임 연구회에 소속된 쿠로네코는 세나와 함께 '카오스 크리에이트'라는 게임 콘테스트에 작품을 투고하려고 함께 제작하고 있었다.

지금은 그 결과가 나온 직후다.

아쉽게도 입상을 놓치고 말았을 뿐만 아니라 '쓰레기 게임'이라고 인터넷 게시판에서 꽤 심하게 얻어맞고 있었다.

매우 비참한 결과로 끝난 것이다.

쿠로네코는 강한 척 허세를 부렸지만 세나는 격노해 난리를 피웠지.

아니, 뭐, 두 사람이 만든 게임은 세나가 만들었던 던전 RPG와 쿠로네코가 만들던 노벨 게임을 융합하려고 한 거였는데.

그 이름도 「강욕의 미궁」.

쿠로네코가 쏟아부은 '중2병 요소'와 세나가 쏟아부은 '동성애 요소'가 뒤섞여, 실제로 그 완성도는 상당히 조잡한 수준이었다.

좋게 말해도 유저를 고르는 물건이었으니 쓰레기 게임이란 말을 듣는다 해도 어쩔 수 없는 일이다. 인터넷 인간들을 비난할 수는 없다.

그래도 쿠로네코에겐 '고등학교에서 사귄 첫 친구'와 함께 혼을 담아 만든 작품이었다. 그걸 폄하당했는데 우울해지지 않을 리가 있겠냐고.

"뭔가 하고 싶은 말이 있는 것 같네요, 선배?"

문득 쳐다보니 쿠로네코가 내 얼굴을 살피며 살짝 웃고 있었다.

"아, 아니… 그게."

"내가 우울해할 줄 알았나요?"

정곡을 찔려 주춤했다. 그러자 쿠로네코는 쑥스럽다는 듯이 뺨을 붉혔다.

"정말 사람이 너무 좋다니까… 난 비판받는 건 이미 익숙하니까… 말했잖아."

"…하지만."

분하지 않은 건 아니잖아?

네가 얼마나 공들여 그 게임을 만들었는지 잘 아는데.

내 방에서 쿠로네코가 작업하는 모습을 죽 옆에서 지켜봤으니까
….

스스로 고칠 수 없는 버그가 나왔을 때에는 쿠로네코는 사이가
틀어졌던 세나에게 머리를 숙이며 부탁도 했었다. 협력해달라, 같
이 게임을 만들어달라고.

「강욕의 미궁」은 쿠로네코에게 그만큼 혼을 실은 작품이었던 것
이다.

그런데 그런 결과로 끝나다니…. 하지만 전혀 기운이 빠진 모습
이 아니다.

"우울해할 시간은 없으니까. 난 다음 게임을 만들 거니까. …이
번엔 처음부터 세나랑 같이."

"…그렇구나."

대단하네.

진심으로 그렇게 생각했다.

키리노도, 사오리도, 쿠로네코도, 세나도.

이렇게까지 열중할 수 있는 게 있는 오타쿠들이 평범한 내 눈에
는 눈부시게 보였다.

"……."

한참을 말없이 걷는데,

"저기."

문득 쿠로네코가 입을 열었다.

"보고해둘 게 있어."

쿠로네코가 나한테?

뭔가 싶어 집중하자 그녀는,

"여러모로 개선이 됐으니까. …반도 그렇고 여러모로. 그러니까 … 일단 보고할게."

더듬더듬, 마음을 전한다.

얼마 전까지는 이 녀석, 반에 어울리지 못해 청소 당번을 강요당하기도 했지.

그게 개선되었다는 말이었다.

잘 전달이 되진 않지만 쿠로네코는 고맙다는 말을 하고 있는 것 같다.

그래서 나도, 이렇게 대답해주었다.

"난 별로 한 게 없는데."

"그래, 아무 도움도 되진 않았긴 해."

긍정하다니?! 거기선 '그렇지 않아'라고 부정해줘야 하는 거 아니냐?!

"하지만 난 기뻤어."

"……."

"여동생 대신이 아니라 널 걱정하는 거라고 말해줘서 기뻤어."

쿠로네코는 말을 하며 고개를 푹 숙였다.

그때의 나는 진심을 전했을 뿐이었는데.

그래… 기뻤구나. 그럼 다행이고.

훈훈한 감정이 가슴을 채운다.

"저… 선배… 나…."

고개를 숙이고 있던 쿠로네코가 결심을 하고서 뭔가를 말하려는데.

"아, 고코우!"

뒤에서 친숙한 목소리가 들려왔다.

"!"

움찔 어깨를 떨더니 쿠로네코는 소리가 난 쪽을 돌아보았다.

그곳에는 빨간 안경을 쓴 빨간 머리 소녀가 있었다.

아카기 세나다. 쿠로네코의 반 친구로 같은 동아리 동료이자 친구.

내 친구 아카기 코우헤이의 동생이기도 하다.

달려온 세나는 쿠로네코의 옆에서 걷는 나를 이제야 알아본 듯했다.

"어? 코우사카 선배도 있었네요. 둘 다 같이 동아리 활동 하러 가요! 아… 고코우? 표정이 좀 토라진 것 같네?"

"아니거든."

"맞거든요. 그죠, 코우사카 선배?"

그러네. 뺨 뚱하니 부풀려서는, 토라졌네.

뭐지. 지금 하려던 말이랑 관계가 있나?

나는 바로 되물어보려고 했는데.

갑자기 기분이 나빠진 쿠로네코는 나와 세나를 두고 앞서 걸어가 버렸다.

아무래도 타이밍을 놓친 것 같다.

"왜 저러죠?"

"…글쎄."

나와 세나는 서로를 마주 보며 고개를 갸웃거렸다.

게임 연구회방은 동아리 건물 2층 복도 끝 부근에 있다.

컴퓨터와 게임기를 비롯해 수많은 오타쿠 물품으로 가득한 마경이지만, 깔끔 떨길 좋아하는 여자 부원이 두 명 늘어난 덕분도 있어 현재는 그나마 조금 볼 만한 상태를 유지하고 있다.

선생님이 기습으로 쳐들어와도 대충 둘러댈 수 있을지도 모를 정도다.

자세히 살펴보면 에로 피겨 같은 게 나와서 안 되겠지만.

그런 방에 동아리 활동 멤버들이 모여 있었다.

"좋아. 거의 다 모였군!"

화이트보드를 눈에 띄는 위치까지 끌고 나와 목소리를 높인 것은 미우라 겐노스케.

게임 연구회의 부장이자 나에겐 첫 남자 오타쿠 친구.

마르고 긴 몸에 안경을 걸친 노안의 남학생이다.

"주목!"

짝짝, 손뼉을 치는 부장. 이 사람이 이렇게까지 활기찬 건 드문데.

기본적으로 여긴 까다롭지 않은 동아리다.

동인 게임 제작이 메인 활동이지만 유령 부원도 많고, 오는 애들도 모두 게임 제작을 하는 건 아니다. 노는 녀석들이 더 많을 정도다.

그런데 오늘의 이 분위기는 평소와 달랐다.

어떻게 된 거지?

기묘한 것을 보는 눈을 한 부원들을 향해 그가 말했다.

"애들아! 잘 들어라! 오늘은 앞으로의 활동 예정에 대해 회의를 하겠다!"

"왜 그래요, 부장? 갑자기 평범한 동아리 활동 같은 소리를 다 하네."

"여긴 평범한 동아리야!"

라고 소리치는 부장.

그에게 차가운 지적질을 날린 건 마카베 카에데.

동안에 성실해 보이는 소년이다. 실제로 게임 연구회 내에서는 비교적 상식인이라고 해도 좋을 것이다.

그는 모두를 대표해 말했다.

"지금까지 자유롭게 해왔는데 갑자기 통제를 하려 드니까 이상하단 말이죠. 제대로 설명을 해주세요."

"…음, 그것도 그렇군."

갑자기 엉뚱하게 구는 부장도 마카베의 말에 브레이크가 걸린다. 좋은 콤비일지도 모르겠다.

"아… 어흠."

머뭇거리던 부장은 헛기침을 하고선 1학년 부원을 쳐다보았다.

"아카기, 고코우."

"네."

세나만 대답을 한다.

"너희는 이번에 기획서를 쓰고 대회에 참가해 게임을 만들고 콘테스트에 투고해… 결과를 냈지."

"끔찍한 결과였지만요…."

세나는 못마땅하다는 표정을 지었다.

"얻은 건 있었지?"

"…뭐, 조금은요."

"그건 너희가 전력을 다해 임했기 때문이다. 들어온 지 얼마 안 된 1학년 부원이 세상의 평가는 둘째치고, 게임 하나를 끝까지 완성해냈어. 정말 훌륭하다."

부장은 위로하는 게 아니었다. 그 정도는 나도 알 수 있었다.

세나와 쿠로네코에게도 전해졌을 거다.

"…고맙습니다. 하지만 전 결과에 만족하지 않거든요."

"나도야. 다음엔 쓰레기 게임이라고 폄하한 녀석들이 즐길 수 있는 게임을 제작해서 '재미있다'는 말을 하게 만들고야 말겠어. 큭큭큭… 그게 내 복수다."

세나와 쿠로네코의 몸에서 흑염 같은 모티베이션이 피어오르고 있었다.

"좋은 기합이야."

부장은 만족스럽게 고개를 끄덕였다.

"야, 마카베. 이 녀석들이 이렇게 의욕을 보여줬는데 빈둥빈둥 게임이나 하면서 놀 수 있겠냐? …나는 3학년이야. 이제 곧 졸업해 사라질 거다."

"작년에도 그 말 들었는데요. 제대로 졸업할 수 있겠어요?"

"장난치지 마! 지금 내가 보기 드물게 멋진 이야기를 하고 있는데! 으음… 지금까지 우리는 부원의 자주성에 맡기고 개인 제작만 해왔잖아."

"그렇죠. 성실한 사람은 성실하게, 땡땡이를 치고 싶은 사람은 땡

땡이를 치게, 느슨하게 가자는 느낌이었죠."

"나쁘지 않은 방침이었다고 생각한다. 동아리 활동에서 집단 제작은 참가자 전원이 의욕을 보이지 않으면 잘 풀리지 않는 법이니까… 하지만!"

부장은 긴 책상을 손바닥으로 내리쳤다.

"난 고등학교 생활의 마지막에 너희들과 게임을 만들고 싶어졌다! 집단 제작을 하겠다! 1학년들의 활동을 보고 의욕이 동한 녀석은 모두 참가한다!"

오오, 누군가가 감탄을 했다.

불꽃이 옮아 붙듯이… 쿠로네코와 세나의 의욕이 부원들에게 점차 전염된다.

연소한다. 그게 눈에 보이는 것 같았다.

"좋네요. 저도 참가할게요."

"마카베 선배…."

세나가 마카베를 보며 기뻐한다.

'완벽하게 하지 않으면 성에 안 찬다'는 선도부원 기질의 그녀는 불성실한 동아리 활동이 자신의 영향으로 변하려 하는 것에 감동하고 있는지도 모르겠다.

"아카기 씨, 같이 게임 만들어요."

"네!"

세나는 눈을 빛내며 고개를 끄덕였다.

"저… 전 마카베 선배와 같이 만든다면 꼭 해보고 싶은 게 있었거든요!"

"그거 동성애와 관련된 거죠?"

"네!"

"그럼 안 됩니다."

마카베는 싱긋 웃었다.

"치이!"

세나는 뺨을 부풀리며 불만을 표했다.

아카기 세나… 이 녀석은 남자들의 연애 작품을 즐기는 부녀자라 불리는 존재다.

며칠 전에 게임 연구회에서 있었던 신작 경연장에서.

그녀는 자신의 성적 취미를 그대로 드러내서 남자 부원을 모델로 한 캐릭터들을 짝지어주는 끔찍한 만행을 저질렀다.

그중에는 나를 모델로 한 캐릭터도 포함되어 있었는데, 엉덩이에 문자 문신이 새겨져 있었다. 엄청난 성희롱 후배다.

미리 말해두겠는데, 나는 지금도 마음에 두고 있고 분노하고 있다 이거야.

뭐가 '치이'냐, 이 썩은 부녀자야. 절대로 용서하지 않을 거다.

마카베는 용케 세나를 웃으며 대하는구나.

그는 지금도 썩어 날뛰는 맹수를 달래고 있었다.

"아카기 씨, 콘테스트에 투고해 '얻은 게 있었다'면서요?"

"네, 그렇죠."

세나는 입을 삐죽거렸다.

"그렇다면 내가 무슨 말을 하고 싶은지도 알겠네요."

"알아요. 이번엔 내가 재미있는 게 아니라 유저가 재미있다고 생각하는 걸 만들어야 하는 거죠."

"자기가 만들면서 재미있고 유저가 즐기며 재미있는, 그런 게임이 이상적이지요."

"그건 너무 어려워요…."

"아하하, 저도 해낸 적 없어요."

"네에…."

"이상적인 게임을 만들 수 있게 이번엔 모두 함께 도전해봅시다."

"…해볼게요."

마카베의 설득 덕분에 신작에서는 세나의 폭주를 막을 수 있을 것 같다.

그런 파인 플레이에 부장이 큰 소리로 끼어들었다.

"얘들아, 여기 좀 봐라~! 마카베가 여자 부원 앞이라고 선배 행세를 하고 있어~!"

"아, 진짜! 망치지 좀 마요!"

이게 나와 쿠로네코가 속한 게임 연구회의 일상이었다.

봄부터 시작한 새로운 생활의 요란스러운 한 장면이다.

그렇게 해서….

게임 연구회에서는 모두 함께 신작 게임을 만들게 되었다.

재주가 없는 나는 서포트밖에 할 게 없지만.

할 수 있는 건 할 생각이다.

쿠로네코가 학교에서 고립됐을 때, 나는 '어떻게든 해주고 싶다'며 참견을 했었다.

사오리와 함께 작전을 세우고 게임 연구회 가입에 동석했고, 게임 제작을 할 때 옆에 있고… 지금도 이렇게 같은 동아리에 소속해

있다. 수험생인데 말이다.

그건 절대로 의무감에서 한 행동이 아니다. 처음에야 옛날의 나쁜 버릇이 튀어나와 참지 못해서 그렇게 행동했… 는지도 모르지만.

나 자신이 쿠로네코와 같이 있는 게 즐거웠다.

오해하진 말아줘. 난 내가 원해서 여기에 있는 거다.

"어떤 게임 만들 건데?"

한 손을 들어 묻는다.

"뭐, 이 멤버로 만든다면 노벨 게임이겠지."

팔짱을 꼰 부장이 즉시 대답했다. 세나가 손을 들어 발언한다.

"저기요, 왜죠! 전 만들고 싶은 다른 장르의 게임이 있는데요!"

"왜 노벨 게임을 만드느냐면 말이지."

부장이 종이 뭉치를 책상 위에 내려놓았다.

며칠 전에 쿠로네코와 세나가 제출한 대회용 기획서다.

"1학년이 만든「강욕의 미궁」. 이걸 투고해 결과가 나왔잖아."

"……." "…네."

마지못해 긍정하는 쿠로네코&세나.

"그래서 말이야, 너희는 지금 그 반성을 토대로 한 걸 만들고 싶다 이거지?"

"…그래." "그렇죠."

"뭐가 잘못됐는지, 어떻게 하면 좋아질지, 각자 생각해 왔을 거아냐. 그건 나중에 듣기로 하고, 상급생끼리 대화한 결과를 말해주겠다."

오오, 부장이 선배답게 행동한다.

"너희는 아직 복잡한 게임은 만들지 마. 단순한 게임을 만들어 좋은 결과를 내라. 일단 만들기에 비교적 간단한 노벨 게임부터. 이 장르는 시나리오, 즉 이야기가 중요하지. 노벨 게임에서 좋은 결과를 낸다면 '앞으로 너희가 게임 연구회에서 만드는 모든 게임'의 시나리오가 개선되겠지."

「강욕의 미궁」에서는 쿠로네코가 쓴 시나리오가 강한 비판을 받았다.

그리고 세나가 집어넣은 동성애 요소가 격렬한 거부 반응을 불러왔고, 비판거리가 되기도 했다.

나빴던 점을 하나씩 수정하자는 말인가.

"난 마지막 1년간을 너희들의 레벨 업에 쓰고 싶다. '게임 연구회를 맡길 기간'으로 삼고 싶은 거야. 우리가 사라진 뒤에 좋은 게임을 쭉쭉 만들어낸다면 기쁠 테니까."

자신이 한 말이 쑥스러운지 부장은 코를 긁적이고 헛기침을 했다.

쿠로네코와 세나는 한참 생각에 잠겨 있더니….

"…난 이의 없어."

이렇게 말하는 쿠로네코. 세나는 콧방귀를 뀌며 대답했다.

"고코우는 그렇겠지. 노벨 게임을 만들고 싶은 거니까."

"내가 팀의 결점이 되는 상황을 빨리 타개하고 싶은 거야. 아카기 세나, 너는 자신의 성적 취향만 참을 수 있다면 아무것도 문제가 없잖아."

"그게 가능하면 힘들 게 뭐가 있겠냐고요…. 그리고 세나라고 불러. 친구한테 너무 딱딱하잖아."

"…아, 알았어. …세, 세."

세나라고 꺼질 듯한 목소리로 중얼거린다.

쿠로네코는… 친구가 생긴다는 상황에 익숙하지 않다.

세나는 낮게 웃더니 가볍게 말했다.

"그럼 잘 부탁합니다, 루리."

"루리…. 가, 갑자기 너무 훅 들어오는 거 아냐?"

"싫으면 관둘게."

"싫진 않아."

바로 대답한다. 웃음이 나오는 걸 참느라 힘들었다.

쿠로네코는 그런 나를 비난하는 눈으로 쳐다보더니 변명하듯이 화제를 돌렸다.

"에헴. …다, 다만… 그, 뭐랄까… 인정하고 싶진 않지만… 내 시나리오가 쉽게 개선될 거라곤 생각하기 어려운데."

이 말을 할 수 있다는 것만으로도 그녀가 성장했다고 느껴졌다.

부장은 디스크형 기록 매체를 나와 1학년들에게 배포했다.

"부장, 이건?"

세나가 묻자 부장이 대답했다.

"우리가 만든 게임 중에서 유저 평가가 제일 좋았던 게임이다. 다음 시간까지 해보고 와."

"…야, 야한 거는 아니겠죠?"

"네가 우리를 어떤 눈으로 보고 있는지 잘 알았다. …전 연령 대상 걸게임이야. 시나리오는 마카베가 썼다."

"마카베 선배, 시나리오 쓸 줄 알아요?"

"네, 뭐, 다만 속도가 느려 신작은 만들지 않고 있었어요. 혼자서 걸게임 시나리오를 쓰는 건 너무 힘들어서… 고코우 씨 속도가 부럽네요."

"내가 STG(슈팅 게임)을 만들고 싶어서 그쪽에 참가하기도 했었고… 마카베가 쓴 시나리오는 난 재밌다고 생각했고 부원들과 유저 모두에게서 평가가 좋았어. 다음 게임에선 고코우와 2인 체제로 시나리오를 맡기고 싶다."

흐음, 흐음.

"당연히 마카베가 주도하는 거고, 이 녀석이 낸 기획서를 바탕으로 회의를 통해 내용을 모은다. 그리고 그런 다음에 시나리오를 마카베와 고코우가 분담해 작업한다. 집필 속도를 감안해서… 메인 여주인공 시나리오를 마카베, 기타 등등을 고코우가 쓰는 걸로 나누는 게 좋겠지. 시나리오가 나오면 팀으로 읽어보고 수정 방침을 세운다는 흐름이다."

"어떤 게임으로 만들지 사람들의 희망을 듣고 나서 스토리를 짤 테니까 다음 시간까지 생각해주세요."

이렇게 말하는 마카베. '앞으로의 흐름'을 들은 나는 감탄해 말했다.

"헤에, 정말로 '모두 함께 만드는' 거네."

나는 쿠로네코와 세나가 「강욕의 미궁」을 만드는 걸 처음부터 끝까지 지켜봤는데.

그때에는 만들어진 걸 그대로 완성품으로 제출했다.

이번에는 처음부터 사람들의 의견을 듣고 만들어야 하는데다 한 번 만들었던 걸 사람들의 의견을 물어 이리저리 수정을 해야 하는 거잖아?

지난번과 비교해 많이 힘들지 않을까?

"…그래… 집단 제작은… 원래 그런 거지."

"그래. 혼자 할 때만큼 마음대로 만들 수 없어. 자기 취향을 죽이고 자제하며 다른 사람들에게 맞춰줘야 해. 대신 혼자선 만들 수 없는 걸 만들 수 있다. 고코우, 할 수 있겠냐?"

부장의 질문에 쿠로네코는,

"해볼게."

이렇게 대답했다. 그 눈에는 결의의 빛이 담겨 있었다.

괜한 걱정을 할 필요는 없겠지. 내가 할 수 있는 건 오직 하나.

"응원할게."

언제나 그것뿐이다.

그런 일이 있은 이튿날 방과 후.

"…나를 방치하다니, 배짱 한번 좋네, 선배."

쿠로네코가 이상하게 내게 트집을 잡았다.

귀가 도중, 그녀가 뛰어서 쫓아왔다.

운동 부족인지 숨을 헐떡거린다.

"괜찮냐?"

"무, 물론이지… 그보다 어떻게 된 거야?"

"무슨 소릴 하는 건지 모르겠는데. 방치라니, 내가 너랑 뭐 약속한 거라도 있었냐?"

"…내가 보낸 메시지 안 봤어?"

"메시지? 아니, 안 봤는데."

"그래? …그거 이상하네."

왠지 쿠로네코는 내 말을 믿지 않았다. 거짓말이지, 이런 눈빛을 사납게 보낸다.

"지금의 네가 휴대전화 메시지 체크를 소홀히 할 리가 없는데. 아냐?"

"무슨 소린지."

탐정 소설에 등장하는 범인처럼 나는 말을 돌렸다.

네가 하고 싶은 말이 뭔지 알아.

해외 유학 중인 키리노에게서 연락이 올지도 모르는데…, 이거지? 흥, 아쉽게 됐군! 나는 시스터 콤플렉스도 아니고 키리노 연락은 기다리지도 않는다 이거야. 그 녀석 걱정은 전혀 안 한다고! 쪼~끔도!

그리고,

"나 전화기 고장 났거든."

"뭐?"

"아까 알았는데 전원이 안 들어오더라."

나는 폴더식 휴대전화를 열어 새까만 화면을 쿠로네코에게 보여 줬다.

"뭐, 할 수 없지."

집에도 전화가 있으니 조금 불편할 뿐이지 큰 문제는 없다.

차라리 부서져서 후련할 지경이다.

그 바보 녀석, 내가 몇 번이나 메시지를 보내도 답장 한 통 안 보내는데 말이지.

"미안. 나한테 연락을 했나 보네?"

"으, 응… 그… 의논할 게 있어서."

"그럼 이렇게 만나서 다행이네. 무슨 일인데."

"……."

그녀는 바로 대답하지 않았다. 고개를 숙이고서 알아들을 수 없는 말을 중얼중얼 한다.

"쿠로네코?"

"…아니… 됐어."

왠지 모르게 침울해 보였다.

"큭큭큭… 계속, 계속… 후… 그렇군… 운명은 그렇게나 나를 방해하고 싶은가 보구나… 아니, 설마… 이건… '그런 거'였어?"

오오… 쿠로네코가 자기 세계에 들어가버렸다.

고등학생이 된 뒤로 빈도가 살짝 줄었었는데… 왠지 그리운 느낌이 들었다.

"좋아. 그렇다면 얼마든지 맞서주겠어."

그녀는 알 수 없는 자기 완결을 내리고서 멋지게 머리를 쓸어 올리며 말했다.

"선배… '약속의 땅'으로 갈 때가 왔어."

"…어딜 간다고?"

타도 마왕이란 캐치프레이즈라도 내걸 것 같은 쿠로네코에게 묻자,

"휴대전화 가게. 수리 맡길 거지?"

이렇게 매우 현실적인 대답이 돌아왔다.

그대로 둘이서 휴대전화 가게로 가서 수리를 맡기고 함께 가게를 나섰다.

어쩌다 보니 쿠로네코도 같이 와주긴 했는데, 이제 와서 '왜 따라 왔어?'라고 묻기도 그랬다. 뭐, '약속의 땅'이라고 했으니까 거기서 헤어지는 것도 부자연스러웠지.

그렇게 혼자 납득했다.

그리고 수리가 끝날 때까지 대신 사용할 전화기를 받았는데….

"데이터가 전부 사라졌어…. 미안한데 전화번호랑 메일 주소 좀 새로 등록할게."

"그래, 이리 줘."

"응."

"…자, 등록해놨어."

무뚝뚝한 대화다. 지극히 평범한 선후배 간의 거리감.

그래… 그럴 거다.

"그나저나… 화면만 안 뜨는 줄 알았는데 꽤 본격적으로 망가졌 었네. 떨어뜨린 건 아니지?"

"물론 부숴버릴 만한 일은 안 했다고. 아니, 진짜 우울하네…. 네 가 오늘 보내준 메시지도 못 보고."

"이제 와서 볼 필요는 없는데… 그 정도로 너무 우울해하는 거… 아아… ."

쿠로네코는 납득했다는 듯이 말을 이었다.

"휴대전화가 고장 난 동안에 키리노가 메시지를 보냈을지도 모르 니까."

"그런 거 아니라니까."

"알았어, 알았어. 그 임시 폰도 센터에 쌓인 메시지를 수신할 수 있을 거야."

"이미 해봤는데 안 되더라고."

"내가 보낸 메시지도 수신이 안 돼?"

"그렇다니까."

쿠로네코가 대신 이것저것 조작을 해줘봤지만 역시 메시지는 수신이 안 됐다.

키리노가 보냈을지도 모르는 메시지는 물론, 쿠로네코가 보냈다는 메시지도 수신이 안 돼 볼 수가 없었다.

처음부터 그런 메시지는 존재하지 않은 것처럼.

혹은 보냈다는 메시지가 흔적도 없이 소멸해버린 것처럼.

"흐음…? '아무것도 안 했는데 전화기가 망가진' 것도 그렇고 신기한 일이네."

쿠로네코는 재미있다는 듯이 가느다란 미소를 그렸다.

중2병의 허세. 키리노라면 그렇게 놀려댔겠지만.

쿠로네코의 과도할 정도로 단정한 외모로 그런 행동을 하면 가끔

…

'진짜' 같아서 소름이 돋는다.

"음, 선배. 피해를 입은 당신에게 무례한 말이 되겠지만."

"훗… 아무래도 우리, '힘'을 가진 누군가가 운명을 조작하고 있는 것 같아. 그래, 엄청난 '뭔가'가 시작되려 하고 있어…."

그게 '거짓에서 나온 진실'이 아닌 '중2병에서 나온 진실'이 될 거

라고는.

물론 이때의 내가 예상할 수 있을 리 없었다.

게임 연구회 활동일.

다시 동아리방에 모인 우리들은 일단 며칠 전에 받은 '마카베가 시나리오를 쓴 노벨 게임'에 대한 감상을 말했다.

나도 해봤는데….

"재미있었던 것 같아."

"난 남자용 노벨 게임하고는 거리가 멀었는데, 높은 평가를 받았다는 건 이해가 되네요."

"내 취향은 아니지만 좋아하는 사람은 좋아할 거야."

나와 두 사람은 거의 의견이 일치한 것 같다.

"진짜요? 그럼 다행이네요."

마카베는 기뻐하는 듯 보였다.

부장이 이 게임을 하라고 말한 이유를 우리도 이해했다.

마카베가 주도해 시나리오를 만들고 그 방법을 배웠으면 좋겠다는 의미일 거다.

선배의 본보기란 거다.

"하지만… 높은 평가였다는 건 과한 말이에요. 어디까지나 우리가 만든 게임 중에서는 그렇단 거죠."

그는 겸손하게 말했지만….

몰랐어, 이 친절해 보이는 후배에겐 의외의 재능이 있었구나.

다만 수많은 에로 게임을 플레이할 수밖에 없었던 헤비 유저인 내 시각에서 볼 때 마음에 걸리는 점도 있긴 하다. 게임에 등장하는 여주인공들의 '속성'이 그것이었다.

여하튼 이 게임의 여성 캐릭터는 모두 같은 속성을 갖고 있었다.

나는 사실 확인을 위해 작가에게 이렇게 물었다.

"그런데 마카베."

"네?"

"가슴이 큰 '누나'를 좋아해?"

"네, 뭐."

부정은 하지 않는다. 그 표정에서 부끄러움이란 찾아볼 수 없고, 뭔가 말하고 싶은 듯 보였다.

이건 오타쿠 특유의 답변 방식으로, 번역하자면,

'완전 좋아합니다. 허락해주신다면 말하고 싶어요'라는 의미다.

나는 익숙한 흐름으로 오타쿠인 후배의 기대에 부응했다.

"그런데 뭘 더 좋아해? '거유'와 '누나' 중에서."

"둘 다요."

"둘 다구나."

그럴 것 같았어.

이 녀석이 갖고 있는 피겨는 폭유 닌자나 학원 걸게임 같은 야한 것들뿐이었으니까.

부녀자란 게 발각되기 전까지는 세나에게 마음이 있는 것처럼 보이기도 했고.

딱히 어디가 그렇다는 건 아니지만 힐끔힐끔 쳐다봤거든.

부장이 진지한 얼굴로 말했다.

"마카베 누나 가슴 엄청 크다."

"부장! 오해 살 발언은 삼가주세요! 제 누나는 작품 내용과는 상관없거든요!"

"뭘 봐도 성적 취향의 근원이란 말이지."

"아, 아니에요! 여러분, 믿지 마세요!"

당황해 부정하는 게 더 수상쩍어 보인다.

문득 보니 여성 무리가 우리를 흰 눈을 뜨고서 쳐다보고 있었다.

"저어… 여자들 앞에서 천박한 대화는 삼가주시죠."

"선배, 같은 시스터 콤플렉스끼리 마음이 잘 맞겠네요?"

무례하군. 난 시스터 콤플렉스 아니야.

그보다 세나, 이 동아리에서, 아니… 이 학교에서 제일 천박한 건 누가 봐도 너다.

시선으로 비난하는데도 그녀는 전혀 개의치 않고 다음 화제로 넘어갔다.

"그런데 이 게임 일러스트는 누가 그린 건가요?"

"3학년 여자 부원. 지금 이 자리에는 없지만."

"그런 사람이 있었군요… 아, 거의 프로 수준인데 저희 작품 그림도 그려주실 수 있나요?"

"걔는 이미 동아리 관뒀어."

"아아… 무슨 이유라도?"

"마카베가 거유의 짱 야한 그림만 그리게 해서 아냐?"

"제 탓으로 돌리지 마세요!"

"아니, 네가 걔한테 대●닌자 피겨를 빌려주면서 '이렇게 그려주세요!'라고 그랬잖아."

"최악이네요, 마카베 선배."

"아아아아아, 나의 '산뜻한 선배' 이미지가 무너진다! 아, 아니라니까요! 게임 일러스트를 그려준 선배는 코믹 마켓에서 만화를 그렸었는데 담당 편집자가 생겨서 그만둔 거예요! 제가 피겨를 참고 자료로 해달라고 빌려준 거랑은 아무 상관이 없다고요!"

빌려준 건 사실이었다.

"…마카베 선배, 기분 나빠요."

"으윽…."

마카베는 고통스럽게 신음했다.

가엾게도 세나의 호감도가 팍팍 내려가고 있구나.

부장이 지금까지의 대화를 정리하듯이 입을 열었다.

"아무튼, 마카베가 성적 취향 풀 가동으로 만든 게임이란 건 모두 이해했겠지."

"그러니까 더욱 '영혼'을 담은 작품이 된 거구나. 이 게임의 대상 외 유저인 내게도 전해질 만큼."

쿠로네코의 발언에 부장이 고개를 끄덕였다.

"좋아하는 걸 잘하게 되는 거지. 하지만 이번엔 마카베도 조금 참아야 할 거야. 누나 여주인공은 한 명으로…."

"뭐?"

그 순간, 얌전하고 성실한 후배가 무서운 소리를 토해냈다.

키리노에게 여동생을 바보 취급하는 소리를 했다간 이런 반응을 보이겠지.

나도 움찔했다니까.

"…진정해라, 마카베. 워, 워…."

"화난 거 아니거든요? 하지만 왜 그런 말을 하는지 이해가 가게 설명을 해주실 수는 있겠죠?"

화났잖아.

부장은 기죽지 않고 말했다.

"1학년을 위해 다음으로 이어질 게임을 만들고 싶으니까. 만약 만사가 잘 풀려 '멋진 누나 게임'을 만들었다고 치자. 가슴 큰 누나를 좋아하는 마카베가 메인을 맡아서 말이지. 그리고 네가 졸업한 나음에 후배들에게 남기는 게 '멋진 누나 게임을 만든 실적'이라는 걸로 만족하느냐, 이런 이야기야."

"…납득했습니다. …놀랍네요…. 제대로 생각하고 있었군요, 부장."

"넌 날 뭐라고 생각하는 거냐?"

"제가 아무리 뭐라 해도 쓰레기 게임만 만드는 쓰레기 크리에이터요."

"힘 조절 좀 해서 패라!"

부장은 몸이 뒤로 젖힐 만큼 멘탈 대미지를 입었다.

"하지만" 하고 목소리에 힘을 준다.

"나도 내가 메인으로 만들지 않을 때에는 객관적으로 생각할 줄 안다고! 좋아하는 걸 만들려고 하면 나도 모르게 이성을 잃게 되는 거지!"

이해해요! 라며 세나가 힘차게 고개를 끄덕인다.

창작 경험이 있는 녀석에겐 흔한 이야기인지도 모르겠다.

아무리 그래도 세나는 너무 폭주하는 편이지만!

"에헴! 아무튼…."

부장은 화이트보드에 펜으로 글을 쓰며 말했다.

"여주인공은 누나, 여동생, 동급생, 기타로 네 명이다. 이건 바꾸지 마라."

네 하고 마카베가 고개를 끄덕인다.

"그리고 고코우, 이건 기획 책임자로서의 요청인데."

"네."

"지금부터 만드는 건 배틀 요소가 없는 걸게임이야. 플레이한 사람들이 '이 여주인공 귀엽다' '완전 모에다'라고 생각할 만한 시나리오를 써줘. 사고사 정도는 있어도 되지만 없는 편이 더 낫지. 독한 표현과 전개는 피하고 마지막엔 반드시 '해피 엔딩(행복한 결말)'으로 끝내는 걸 명심하고. 텍스트는 전체적으로 가볍게, 대화를 주로 해서 마카베에게 보내라."

"……."

그건 쿠로네코에게 하고 싶은 일도, 좋아하는 일도 아닐 거다.

하지만 모두 함께 만드는 게임을 위해 필요한 일이기도 하겠지.

그녀는 눈을 내리깔고 잠시 생각하다가 고개를 들고 대답했다.

"해본 적이 없으니까 이번에 할 수 있도록 만들어보겠어."

"그래, 부탁한다."

얼마 전까지의 쿠로네코라면 절대로 하지 않을 말이었다.

부장이 두 손으로 책상을 두드리며 분위기를 띄웠다.

"자, 다들… 어떤 이야기로 갈지 생각해 왔겠지! 오늘 정해버리자고!"

"이제 곧 여름이니까 여름을 무대로 한 이야기가 좋다고 생각합니다!"

"…뭐, 기본이지."

"좋네요. 수영복 이벤트도 무난하게 집어넣을 수 있을 것 같고요."

"학원물이라면 바다 옆에 학교가 있는 건?"

"아예 섬을 무대로 하는 건 어때? 전 기숙사제 학교로."

"그건 반대예요. 주인공 자매를 여주인공으로 했을 때 같은 학교에 다니게 될 수 있으니까."

"무슨 문제라도?"

"연령이 '세 살 차'까지밖에 설정할 수 없잖아요. 그러면 초등학생 동생이나 대학생 언니는 나오기 어려워지죠."

"우와……. 마카베 선배, 벌써 캐릭터 설정까지 머리에 잡아놨죠~."

"훗… **섬에 전해지는 전설**… 주민들이 숨기고 있는 **비참한 사건**… 태풍으로 인한 **클로즈드 서클**… 통상적으로는 생각할 수 없는 **난도질당한 변사체**… 큭큭큭… 재미있어지는군."

"쿠로네코, 쿠로네코, 그쪽 방면으로 가면 안 되잖아? 부장 이야기 듣긴 한 거야?"

"…조, 조금은 불가사의한 요소 넣어도 되죠?"

"'난도질당한 변사체'가 조금 불가사의한 게 되냐?"

신이 나서 각자 의견을 주고받는다.

그걸 부장이 화이트보드에 정리하고, 마카베가 컴퓨터에 입력한다.

비전문가인 나도 나름대로 대화에 참가했는데….

하하… 나, 3학년인 이제 와서 동아리 활동을 즐기고 있구나.

마침내 의견이 모두 나오고, 만들어야 할 게임의 윤곽이 잡혔을 무렵.

"이쯤에서 내가 제안할 게 있다!"

부장이 큰 소리를 내어 모두의 이목을 모았다.

"여름방학 되면 세토 내해의 섬으로 장소 헌팅 가자!"

""장소 헌팅?""

부장을 제외한 모두가 입을 모았다. 세나가 대표로 묻는다.

"그 말은, 취재 여행을 가자는 소린가요?"

"응, 게임 연구회의 취재 합숙이지. 기간은 일주일. 우리 할머니가 재미로 민박을 하시는데, 숙박비는 세끼 포함해 공짜다. 교통비는 동아리 비용으로 조달하겠지만, 아무래도 전부 다는 힘드니까 일부는 자비로 부탁해. …어때?"

……

조용, 적막이 깔렸다.

갑작스러운 제안에 모두 생각에 잠겨 있었다.

아니, 하지만, 아무리 그래도 좀….

"수상해!"

세나가 내 속마음을 그대로 소리 내어 외쳤다.

"조건이 너무 좋아서 오히려 수상하다고요! 일주일 숙박비가 공짜라니… 그렇게 좋은 이야기가 그렇게 흔할 리가 없잖아요! 생각해보면 회의 때에도 '섬'을 무대로 하고 싶어 했고! 이 제안을 하기 위한 발언이었던 거죠, 그거!"

여성 검사처럼 박력 넘치게 손가락을 들이민다.

"부장… 도대체 뭘 꾸미고 있는 거죠!"

"…야, 야… 꾸미다니, 누가 들으면 오해하겠다. 우리는 굉장히 인도어 계열 동아리고 운동부 같은 청춘하고는 거리가 멀잖아? 그러니까 가끔은, 마지막 여름방학 정도는 리얼충다운 이벤트를 해봐도 괜찮지 않을까 싶어서… 그냥 그래서야!"

"부장… 믿어도 되나요?"

마카베가 회유되어가고 있다.

이 후배 녀석, 쿨하게 지적질을 하는 것치고는 쉽게 넘어가는 면이 있단 말이야.

아마 늘 이렇게 쓰레기 게임 제작에 발목을 잡히는 거겠지.

"우와, 마카베 선배, 너무 쉽다. 고코우, 수상하지 않아?"

"…애초에 일주일 외박은 그냥도 어려워."

"아… 그렇다면 나도 여자 혼자는 좀 그렇네요…."

여성 무리는 작은 목소리로 그런 대화를 주고받았다.

아무래도 이 합숙 계획은 깨지거나 남자들만 참가하게 될 것 같군.

그렇게 생각하고 있는데 부장이 내 목에 팔을 걸고 확 끌어당겼다.

"아, 뭐예요, 부장! 세나가 핏발 선 눈으로 쳐다보니까 이러지 좀 말아주실래요?"

"코우사카, 네가 고코우한테 합숙 가자고 설득해줘. 이대로 가면 여자는 한 명도 참가 안 할 거다."

그는 내게 그렇게 귓속말했다.

"네… 아니, 무리해서 부를 건 없잖아요. 남자들끼리 가면…."

"…코우사카… 너도 모처럼 생긴 여자친구랑 바다에 가서 숙박하고 싶지?"

"여자친구? 무슨 소리예요?"

"고코우랑 사귀는 거 아냐?"

"네? 안 사귀는데요…."

진심으로 이해가 안 되는 말이었다.

게임 연구회에서는 '나와 쿠로네코가 사귀고 있다'고 생각들 하고 있는 거야?

그래, 그런 오해가 전제라면 부장의 언행도 이해가 가긴 하는데….

내가 부정하자 부장은 무척 놀란 듯했다.

"진짜냐. 나도 그런 건 둔한 편인데, 부원들은 모두 '틀림없다'고 단언했었는데."

"……."

아니, 뭐, 그래.

가입 자리에 동석하기도 했고.

내 방에서 같이 게임도 만들고. 대회에서 돕기도 했고.

지금도 이렇게 동아리 모임에 참가하고 있으니까….

다시 생각해보니 내 행동은 모두 쿠로네코의 남자친구 같네!

으아아! 갑자기 부끄러워진다!

어, 얼굴이 뜨거워!

"루리, 저것 봐! 코우사카 선배가 부장이랑 붙어서 얼굴을 붉히고 있어!"

"거기! 이상한 눈으로 날 보지 말라고!"

썩은 여학생에게 고함치는 내게 부장은 여전히 비밀 이야기를 계속 이어나갔다.

"사귀지 않는 건 알았는데, 사귀고 싶은 마음은 없냐?"

"…뭐…."

아직도 연애 이야기, 계속이냐!

"만약 그럴 마음이 있다면… 이번 합숙은 기회라고 보는데. 시골이지만, 그러니까 바다도 예쁘고… 여름만큼은 데이트하기 좋은 장소가 얼마든지 있다고."

나도 최대한 협력할게….

그날 동아리 활동 내내 내 마음은 괜히 들떠 있었다.

집에 돌아온 뒤에도 나는 방 침대에서 머리를 감싸 쥐고서 끙끙 앓고 있었다.

…내가, 쿠로네코와… 사귀고 싶은 마음은 없냐… 고?

아아아아아! 그걸 어떻게 알아!

물론 최근의 그 녀석은….

…'오빠', 같이 게임 해요.

…바보야, 내 동생은 그런 말 안 해.

마치 내게 마음이 있는 것 같은 행동을 보일 때도 있었고….

…잘 부탁합니다, '선배'.

선후배 사이가 된 뒤로 급격하게 거리감이 달라진 것 같다.

동생의 친구에서… '친한 이성 후배'로.

하지만 그 녀석은….

…남자가 오해할 짓은 안 하는 게 좋거든?

…아니면 뭐냐? 너 날 좋아하나?

…좋아해.

…뭐?!

…좋아해… 네 동생이 너를 좋아하는 만큼은.

그러니까 '안중에 없음'이란 의미라고 생각했었다.

하지만 게임 연구회 부원들의 객관적인 의견에 따르면 나와 쿠로네코는 사귀는 거나 마찬가지라고 한다.

"아아~. 젠장! 모르겠네!"

쿠로네코의 마음을 도무지 모르겠다.

그 녀석은 날 좋아하는 거야? 아닌 거야?

뿐만 아니라 내 마음도 뭔지 모르겠다.

난 쿠로네코를 어떻게 생각하고 있을까?

귀여운 후배? 동생의 소중한 친구?

아니면… 신경 쓰이는 여자애?

"그야… 신경이야 쓰이지. 연하이긴 하지만 미인이고… 취미도 최근엔 맞는 것 같기도 하고. 그리고….""

같이 있으면 즐겁다. 늘 옆에 있으면 좋겠다. 지금 같은 시간이 계속 이어지길 바란다.

하지만 이게 '좋아한다'는 건가?

연애 감정이야?

난 쿠로네코와… 사귀고 싶은가?

경험이 적은 나는 나 자신에 대해서조차 모르겠다. 쿠로네코를 생각하면 얼굴이 뜨겁게 달아오르고, 화끈거리고, 머릿속이 복잡해진다.

막 목욕하고 나온 사람처럼. 아니면 감기에 걸렸을 때처럼.

…이건 병 수준이다.

"하아…."

길고 뜨거운 한숨을 내쉬었을 때였다.

"쿄우스케!"

어머니가 큰 목소리로 나를 불렀다.

…뭐야? 지금 다른 거 신경 쓸 상황 아닌데….

머리를 긁적이며 마지못해 자리에서 일어났다. 문을 열고 복도로 나오자 다시 한번 "쿄우스케!" 하는 목소리가 들렸다. 아무래도 어머니는 아래층에서 움직이지 않은 채 내 이름을 불러대고 있는 것 같다.

"쿄우스케! 네 전화기 울리고 있는데! '고코우 루리'래!"

"지금 가!"

으악! 나는 황급히 계단을 달려 내려가 어머니에게서 전화를 받았다.

"네, 코우사카입니다!"

휴대전화에 대고 말을 하며 서둘러 내 방으로 돌아간다.

어머니가 뭘 오해했는지 능글맞게 웃고 있었지만, 정정할 여유도 없군.

방으로 달려 들어가 문을 닫았다. 그 순간 그녀의 목소리가 들렸
다.

『저… 선배… 지금 시간 있어?』

"으, 응! 있어, 있어! 시간 있어!"

『그, 그래.』

나, 지금 무슨 말을 하는 거냐. 쿠로네코가 놀라고 있잖아.

내가 봐도 너무 초조해하네. 바보냐…. 전화 좀 걸려온 거 갖고
왜 이래?

『저기….』

휴대전화 너머의 쿠로네코도 왠지 모르게 긴장한 듯 목소리가 딱
딱했다.

『동아리에서 말한… 합숙 말인데.』

"으, 응."

『선배는… 갈 거야?』

"그럴 생각인데."

쿠로네코의 참가 여부와 상관없이 합숙은 갈 거다. 그렇게 말하
자 그녀는 의아하다는 듯이 물었다.

『왜? 수험생이잖아?』

"걱정해줘서 고마워. 하지만 입시는 그럭저럭 여유가 있거든."

『…그래.』

"응. 그리고 참가하는 이유는 말이지… 이번에 만들 게임을 위해
취재를 한다고 하니까. 무대의 모델이 될 것 같다고 그랬잖아."

『하, 하지만 그건, 넌….』

"나하고도 상관있지. 나도 제작 멤버라고. 다른 데서 도움이 안되는 만큼 여기서 활약을 해야지 않겠어."

『…….』

놀랐다는 듯한 한숨이 휴대전화 너머에서 들려왔다.

"너희가 못 가는 대신 내가 이 눈으로 똑똑히 보고 사진을 찍어 올게. 어떤 곳이었는지도 말이야. 이런 장소가 있었다 같은 것도. 시나리오에 쓸 만한 장소가 없는지도. 조사해서 보고할 생각이야."

『…고, 고마워. 큰 도움이 될 거야.』

"고마워할 게 뭐 있어. 내가 즐거워서 하는 건데. 도움이 된다면 그걸로 충분하지."

괜한 허세를 부리는 게 아니다.

에로 게임 여주인공이나 할 법한 소리지만….

널 위해서 그런 건 아니라고.

『…그래… 선배는… 합숙 가는구나.』

"응. 넌… 어렵지. 뭐, 상황이 복잡하니까."

신경은 쓰이지만 굳이 캐물어볼 수는 없는 일이다.

"……."

한참 동안 흐른 침묵. 나는 굳이 아무 말 않고 그녀가 입을 열길 기다렸다.

뭔가 하고 싶은 말이 있는 듯한 분위기가 느껴져서였다.

『…선배. …저기… 이런 거 물어봤자 무의미… 하겠지만.』

"뭔데? 말해봐."

『내가… 합숙 간다고 하면.』

"기쁘지."

바로 말을 받았다. 그러자 쿠로네코는 멍한 목소리로 물었다.

『…그, 래?』

"나, 지금까지 그럴 기회가 별로 없었거든. 이번 합숙, 기대돼. 그리고 친한 네가 있으면 더 즐겁겠다 싶은데. …아니, 좀 미안하다. 사정이 있어서 못 간다고 하는데….'

『다녀와!』

"우왓!"

순간적으로 휴대전화를 귀에서 뗐다.

'쿠로네코가 아닌 여자애'가 큰 목소리를 내서였다.

『아, 야, 히나타… 너, 언제… 이, 이리 줘. 내 전화를…』

『안돼안돼안돼안돼! 아빠, 루리 언니 좀 잡고 있어! 아, 코우사카 쿄우스케 씨죠! 언니가 늘 신세를 지고 있습니다아…!』

그녀가 어떤 성격인지, 겨우 이 짧은 대화만으로 굉장히 또렷하게 전해진다.

휴대전화를 귀에서 떼고 있는데도 귀가 찡찡 울린다.

"아, 응… 내가 코우사카 쿄우스케가 맞긴 한데… 넌…."

『고코우 히나타입니다! 고코우 루리의 동생이에요! 예에…!』

"아, 그렇구나."

동생이 있다는 소리는 듣긴 했는데….

자매가 성격이 너무 다른 거 아니냐.

『이야기는 다 들었습니다! 루런니… 루리 언니 말인데요! 합숙에 보낼게요! 식구들이 다 협력할 테니까! 코우사카 오빠한테 언니 말길 테니까! 부탁해도 될까요!』

"으, 응?"

이 아이, 굉장히 세게 밀어붙이네.

"미안, 설명을 좀 해줄래?"

『알았어요! 아아~. 그니까! 언니가 늘 집안일을 많이 해주는데! 우리랑 아빠랑 굉장히 잘 돌봐주는데…… 완전~ 걱정 엄청 많거든요! 그래서, 식구들이 걱정돼서 일주일이나 집을 비울 순 없다고, 교통비 아깝다고… 뭐, 그런 바보 같은 이유로 합숙에 안 가겠다는 거예요, 아마도! 내가 볼 때에는 웃기는 소리다 싶어서! 그래서 보내려고요, 늘 신세를 지고 있다는 코우사카 오빠한테 부탁하려고… 그렇게 된 건데요! 미안해요, 나 말을 잘 못 해서… 제대로 전해졌나요?!』

쉬지도 않고 말하는구나.

하지만.

"잘 전해졌다! 나만 믿어!"

『믿는다!』

고코우 히나타는 이런 아이인가 보다.

참 느낌 좋은 동생이었다.

하하, 웃음이 나왔다.

그때 전화기를 빼앗겼는지 『앗!』 하는 소리가 들렸다.

『…선배, 나야.』

"응, 동생 귀엽네."

『…바보. …저기… 지금 이야기 말인데….』

"너희 집 사정이야 나는 모르지만… 좋은 가족이구나."

『…응.』

기쁜 듯한 목소리.

"괜찮으면 같이 가자, 합숙."

『…………』

그 침묵은 그녀의 갈등의 표출이었고.

가족에 대한 감정의 표현이었다.

휴대전화 너머에서 작게, 갔다 와라 하고 말하는 어떤 남성의 상냥한 목소리가 들렸다.

그러고서 그녀는 내게 대답을 들려줬다.

『잘 부탁합니다, 선배.』

제 **2** 장

7월도 중반이 지나 대망의 여름방학이 찾아왔다.

바깥은 구름 한 점 없는 쾌청한 날씨. 여행 가기에 딱 좋은 날씨다.

"크아… 더워어!"

우리 집 문에서 하늘을 올려다보며 한 손으로 햇살로부터 눈을 보호한다.

배낭을 고쳐 메고, 합숙을 향해 출발이다….

그때 현관문이 열리더니 어머니가 나타났다.

어? 뭐 잊고 나온 거라도 있나.

'왜 그래?'라고 시선으로 묻자.

"쿄우스케, 지금 키리노한테서 전화가 왔는데… 말 좀 전해달래."

"뭐? 바꿔주면 되잖아."

"너한테 화가 난 것 같더라… 그대로 전해줄게."

『내 힘으로 이겼다고…! 바—보야!』

"라네."

"뭐어~? 그게 무슨 소리야⋯."

정보 양이 부족하잖아.

이 말만으로 '누구한테' '무엇으로' 이겼는지를 어떻게 알아.

그걸 나한테 전한 이유도 모르겠다.

"키리노 녀석, 불합리하게 화내는 건 여전하네."

"네가 무슨 짓 한 거 아니니~?"

"안 했다고⋯."

그 녀석. 연락 한 통도 없이 어떻게 지내나 했더니 오빠한테 오랜만에 전하는 메시지가 이거냐.

쳇! 상쾌한 여행 날에 찬물을 끼었다니!

나는 짜증 나는 심정으로⋯ 전환되지는 않았다.

"엄마, 다음에 걔한테서 전화 오면 이렇게 좀 전해줘."

"그래, 그래. ⋯뭐?"

나는 씩 웃고서 이렇게 말해줬다.

"제법이네! 바—보야!"

가족에게 힘차게 손을 저어 인사하고서 나는 여행을 떠났다.

마음은 날개가 돋아난 듯 가벼웠다.

마치 해외까지 날아갈 수 있을 것 같은 기분이었다.

문득 여동생의 모습을 뇌리에 그려본다. 키리노는 잔뜩 토라진 얼굴로 메에롱~! 하고 혀를 내밀고 있었다.

치바역에는 이미 게임 연구회 부원들이 모여 있었다. 부장이 나를 발견하고 손을 흔든다. 키가 큰 녀석은 이럴 때 표식이 되어주기 때문에 고맙다.

"안녕하세요."

"여어!"

"안녕하세요, 코우사카 선배."

부장 옆에 있던 마카베가 꾸벅 고개를 숙였다.

본인에게 말하면 화내겠지만 커다란 배낭이 하이킹이라도 가는 것 같아서 흐뭇해 보인다.

한편 부장은 몸이 가벼웠다. 여행에 익숙한 관록 같은 게 보였다.

그리고…

"여어, 코우사카."

이 남자에 대해 설명을 하지 않을 수 없을 것 같군.

"결국 너도 왔구나, 아카기."

나는 쓴웃음을 지으며 인사에 답했다.

아카기 코우헤이. 나와 같은 반이자 친구, 그리고 세나의 오빠다.

지금은 은퇴한, 전직 축구부로 덩치 좋은 스포츠맨. 물론 게임 연구회 부원은 아니다.

그런 그가 어째서 합숙 만남 장소에 와 있는가 하면.

"세나를 남학생들도 참가하는 합숙에 혼자 보내는 짓은 절대로 못 하니까. 꼭 가겠다면 나도 따라간다."

이렇게 된 거다. 이 시스터 콤플렉스 녀석은 합숙에 대해 알게 된 6월부터 내내 같은 소릴 해대고 계셨고, 그렇다면 알겠다며 부장도 특별 참가를 허락해줬다.

"아카기, 너 진짜… 나를 본받아서 조금은 동생이랑 거리 두는 게 좋을 거다."

"누가 무슨 소릴 하는 거래. 그러는 네 동생은 해외 유학 중이었지? 내가 네 입장이었으면 너무 걱정돼서 죽어버렸을 거다, 진짜로."

"그렇겠지. …세나는 오빠가 따라오는 게 부끄럽다고 화냈던 거 같던데."

"그건 쑥스러워서 그런 거고. 사실은 내가 같이 가서 기쁠걸."

세상 자기 편한 대로 생각하는 녀석이다.

뭐, 나도 마음 맞는 이 녀석이 있는 건 솔직히 기쁘다.

동아리 멤버들 중에선 내가 제일 오타쿠 지식이 없으니까. 이야기를 따라가지 못하게 됐을 때 마찬가지로 게임에 둔한 아카기가 있으면 조금은 의지가 되지.

세나의 폭주도 막아줄 것 같고.

…그런 생각을 하면서도 내 의식은 친구에게서 떠나 주위로 향했다.

…아직 안 왔… 나?

"코우사카, 너 왜 그렇게 두리번거리냐?"

"아니… 그냥…."

"아아."

알겠다는 듯이 아카기는 씨익 웃었다.

"걔는 아까 내 동생하고 같이… 봐, 저기 왔네."

"어?"

아카기가 엄지로 가리킨 곳을 보니 그곳에는 이쪽을 향해 걸어오는 세나와….

쿠로네코가 있었다.

"…………."

나는 말문이 막히고 말았다.

익숙한 고딕 롤리타 모습이 아닌, 최근 들어 자주 보게 되는 교복 차림도 아닌.

여름다운 하얀 원피스를 입고 있었기 때문이었다.

가녀린 인상은 그대로인데 평소의 애처로운 인상이 모두 청초함으로 전환된 것 같은.

이미지 컬러와는 정반대의 순백.

"쿠로네코… 맞아?"

"…아니면 누구겠어?"

"아니, 너… 그 옷….”

"…뭐, 뭐가?"

평소와 분위기가 완전히 바뀐 쿠로네코가 살짝 시선을 피하며 묻는다.

나는 그런 그녀를 뚫어져라 바라보았다.

"굉장히 좋은데."

"그, 그래….”

내가 칭찬하자 그녀는 얼굴을 빨갛게 붉히며 고개를 숙였다.

그 몸짓에마저 현기증이 날 지경이다.

"루리! 해냈네!"

기분 좋게 끼어드는 목소리가 있었다. 세나다.

그녀는 에헴 하며 큰 가슴을 쭉 폈다.

"이건 바로 내가 골라준 거랍니다!"

"네 센스였구나."

쿠로네코가 자진해서 살 법한 옷은 아니긴 하지.

잘했다. 칭찬해주지.

"합숙용 옷을 같이 사러 갔거든요! 자, 내 옷도 봐주세요! 이거 완전 귀엽지 않나요?"

"응, 괜찮은 것 같은데?"

사복을 입은 그녀도 학교에서 보는 것과는 이미지가 달라서 신선했다. 거리를 돌아다닌다면 남자들이 말을 걸 정도로는 매력적으로 보인다.

직전에 본 쿠로네코 덕분에 덜 매력적이긴 했지만.

"아아~. 칭찬이 좀 거만하네요. 흐음, 상관없어요. 어차피 코우사카 선배는 루리밖에 안 보이죠…?"

"아, 아니…."

쿠로네코가 부끄럽다는 듯이 세나의 팔을 잡아당긴다.

그래도 세나의 입은 멈출 줄 몰랐다.

"내가 골라준 승부용 옷이 기대 이상 가는 효과를… 우우웁."

"다, 닥쳐… 그만."

세나는 쿠로네코에게 입이 막혀 읍읍대고 있다.

"이… 수다쟁이야."

그런데 이 녀석들….

겨우 몇 달 사이에 엄청 친해졌네.

치바역에서 소부선을 타고 도쿄역으로….

거기서 신칸센으로 갈아탄다. 도쿄역 지하는 넓고 복잡하고 수많은 사람들로 북적이고 있었다.

이거, 잠깐만 방심해도 길을 잃을 것 같네.

나는 쿠로네코에게서 눈을 떼지 않으며 신칸센 승강장으로 이동했다.

플랫폼에 도착하자마자 부장이 말했다.

"좋았어, 표 나눠줄 테니까 거기 적힌 자리에 앉아…."

차 안으로 우르르 올라타는 오타쿠들.

자리 순서는 부장이 골랐는지 아카기 남매가 나란히 앉는 등 배려를 엿볼 수 있었다.

나는 어떤가 하면….

"아… 선배랑 난… 옆자리네."

"그, 그래. 그런 것, 같구나."

…참 나. 이것도 부장이 신경을 써준 거겠지….

괜히 쑥스럽달까, 어색하달까.

이대로 출발하면 난 죽을지도 모르겠다.

도대체 몇 시간이나 무슨 이야기를 하면 좋냐고. 아니, 평소 같았으면 얼마든지 자연스럽게 대화를 이어나갔겠지만… 이렇게 자리를 마련해주다니 말이야!

긴장되잖아! 어떻게 의식을 안 하냐!

큭… 어, 어떡하지… 어떡하면 좋지…!

나는 몇 초 동안 강렬하게 고뇌하다….

"그래, 자리를 돌려서 4인석으로 만들자!"

후우… 이제 아카기 남매와 함께다.

일단 안심이다.

그런 내 행동을 본 세나가 싸늘한 눈으로 한마디 던졌다.

"…코우사카 선배, 겁쟁이…."

시끄러워.

그렇게 해서 나와 쿠로네코, 아카기와 세나, 네 명이 함께 앉게 되었다.

주위를 둘러보니 우리와 마찬가지로 다른 부원들도 자리를 돌려 4인석으로 만들어서 앉아 있었다.

보드게임 상자를 꺼내는 팀, 트레이딩 카드 게임에 빠진 팀 등 다양하다.

UNO와 트럼프 같은 기본적인 게임이 보이지 않는다는 점에서 역시 대단하다고 해야 하나.

공통된 건 모두 전력을 다해 놀겠다는 태세라는 점이다.

엄청 즐거워 보인다는 사실이다.

나는 게임 연구회의 이런 점이 싫지 않다.

"아아… 기차 안이 순식간에 카드 숍이 되어버렸네요… 이래서 오타쿠의 여행은…."

세나는 그렇게 못마땅하다는 말투로 말했지만, 속으로는 나쁘게 생각하지 않을 거다.

'나도 하고 싶어. 부럽다'… 반짝거리는 눈이 다 말해주고 있다고.

"야, 코우사카. 나 좀 소개해줘."

아카기가 동생의 트렁크 케이스를 짐칸에 올리며 말했다.

아, 그러고 보니 이 녀석하고 쿠로네코는 처음 보는 사이였나?

아… 이런.

궁지에 몰려 4인석으로 만들긴 했는데, 이거 실수였는지도 모르겠다.

왜냐하면.

"……."

이것 보라고.

쿠로네코는 낯을 가리는 녀석이란 말이다.

처음 보는 남자가 눈앞에 있으니 고개를 푹 숙이고 입을 다물어 버린다.

이걸 어떻게 하나….

"쿠로네코, 얘는 아카기 코우헤이라고, 세나의 오빠야. 내 친구이기도 하지. 생긴 건 좀 험악해도 나쁜 녀석은 아니니까 안심해도 돼. 그리고… 아카기, 이 아이는 고코우 루리, 세나와 같은 반 친구다. 너무 가까이 가지 마."

모두 자리에 앉길 기다렸다가 일단 평범하게 소개를 했다.

쿠로네코의 대응을 보고 추가 대응을 해야지.

"잘 부탁해, 고코우."

아카기가 싱긋 웃으며 인사했다.

그러자 쿠로네코도 살짝 뻣뻣하긴 해도 인사를 했다.

"고코우 루리입니다. 자, 잘 부탁… 해요."

오오… 자기소개 제대로 했어. 허둥대다 대답 못 하진 않을까 걱정했는데 쿠로네코에게 무례한 생각을 했던 것 같다고 반성했다.

지금의 대화로 아카기는 쿠로네코가 남자에게 익숙하지 않은 걸 알아차린 것 같았다.

본인이 아닌 내게 질문을 던진다.

"코우사카, 이거 물어봐도 되는진 모르겠는데 '쿠로네코'가 뭐야?"

아, 맞다. 제대로 설명하지 않으면 이해 못 할 부분이네.

"음… 쿠로네코는 고코우의 닉네임… 이라고 하면 이해하려나? 우린 인터넷 모임에서 알게 됐거든. 그래서 지금도 학교 밖에서는 그렇게 불러."

"호오… '인터넷 모임'에서 연하 여자애와 알게 됐다고."

"야, 너 이상한 오해 하고 있지. …그런 거 아냐."

흰 눈을 뜨고 쳐다보자 아카기가 웃었다.

"뭐, 코우사카 성격에 안 맞긴 하네. 아, 그럼?"

"동생이랑 관련이 있었어."

"아아… 키리노… 였나?"

그렇게 부르니까 짜증 나네. 겉으론 드러내지 않고 대답했다.

"응. 그래서 전부터 알고 있었는데 올해 들어 같은 학교에 입학했거든. 나도 놀랐다니까."

"헤에."

거기서 일단 화제가 멈췄다.

묻고 싶은 게 많을 텐데 애써 참는 모습이 아카기 코우헤이라는 남자의 인간성을 말해주는 거겠지.

쿠로네코를 슬쩍 쳐다보자.

"아카기 선배."

"응, 왜?"

"세나한테서 이야기 자주 듣고 있어… '자랑스러운 오빠'라고."

"진짜?! 세나가 그런 말을 했어?!"

동생 화제에 바로 달려드는 아카기.

당사자인 세나는 크게 당황해 목소리를 높였다.

"야! 루리?!"

"큭큭큭… 이 합숙도 세나는 '오빠가 같이 와준다'는 것에 무척 기뻐하고 있었지."

"안 그랬거든! 중증 시스터 콤플렉스라서 기분 나쁘단 말이야! 루리, 내가 그렇게 말했지! 기뻐한다는 말은 입에 담은 적 없잖아!"

"그래… 평소엔 몰라도 이 합숙에 대해선 오빠 험담만 했지."

"거봐! 거봐!"

"하지만 누가 봐도 기뻐 보이던걸."

"기쁘지 않다니까!"

그렇게 부끄러운지 세나의 말꼬리가 짧아지고 있다.

아니, 이게 원래 모습이겠지.

한편 아카기는 동생이 자기가 모르는 곳에서 친구에게 '오빠 이야기'를 했다는 게 무척 기쁜 듯했다.

"그렇구나~. 세나가, 나를~."

헤실헤실 웃고 있다.

같은 오빠로서 이렇게는 되고 싶지 않군.

동생한테서 칭찬 좀 들은 게 뭐. 난 전혀 부럽지 않다고.

…진짜야.

아차차, 그나저나… 화제를 여동생에서 돌리고 싶은 건 아니지만….

쿠로네코가 꺼낸 화제로 인해 어느새 4인석의 분위기가 즐겁고 시끌벅적하게 변했다.

게임에 빠진 무리 못지않게.

그녀가 함께 앉은 일행을 위해 의도해서 한 행동이었다.

"…하하."

웃음이 새어나왔다.

가슴속에 뿌듯함과 이해하기 힘든 감정이 솟아올라 소용돌이친다.

마침내 요란스레 떠들어댄 세나가 다시 진정했다.

그녀는 반쯤 농담 섞인 토라진 태도로 이렇게 받아쳤다.

"흐음, 알았어요~. 루리는 절친인 나한테 그렇게 나오신다 이거지! 네가 그럴 마음이라면 나한테도 다 생각이 있거든요~."

"…훗… 뭐라는 거지?"

"루리의 부끄러운 에피소드를 공개하겠습니다!"

"뭐…."

생각지 못한 카운터 공격에 눈을 깜박이는 쿠로네코.

이거 재미있어졌는걸!

나는 설레는 기분으로 상황을 지켜보았다.

"선배, 코우사카 선배. 지금 루리요, 내가 골라준 짱 귀여운 옷 입고 있잖아요…."

"응, 그렇지."

"이 아이 사실은 오늘 있죠, 다른 옷 입고 왔었거든요…. 내가 골라준 원피스가 부끄럽다면서요."

"아아… 그거냐…."

쿠로네코는 안도하며 가슴을 쓸어내렸다. 아무래도 '세나가 폭로

하려는 에피소드'는 쿠로네코에겐 부끄러워할 일이 아닌가 보다.

"당연하지. …결과적으로… 그… 잘됐기는… 하지만 이 옷을 입는 건 내게… 어울리지 않는달까… 쑥스러운 일이었다고."

"그래서 다른 옷을 입고 오셨다?"

"그래. 이 원피스 위에 한 장 걸치고 왔지. 단지 그것뿐이야."

뭐야, 그 말만 들으면 정말 별거 아닌 에피소드처럼 들리는데….

세나는 기가 막힌다는 듯이 어깨를 축 늘어뜨렸다.

"우와, 얘 아직도 자각이 없네… 그럼 코우사카 선배한테 보여주는 게 어때… 오늘 아침에 약속 장소에 나타났을 때 입고 온 '그 옷'을."

그 옷?

고개를 갸웃거리는 내 앞에서 쿠로네코는 바로 받아쳤다.

"좋아. …두 눈 똑똑히 뜨고 봐, 선배. 내가 직접 창조한 마도구의 모습을."

펄럭.

내 눈앞에서 '검은 무언가'가 휘날리고, 순간 시야를 차단했다. 그리고 다음에 쿠로네코를 본 순간, 그녀는 마치 변신을 마친 마법 소녀처럼 전혀 다른 모습을 하고 있었다.

굉장히 수상한 모습을.

"…야, 그게 뭐냐?"

나는 솔직하게 물었다. 그러자 그녀는 의기양양한 목소리로 대답했다.

"'네크로맨서 로브(사령술사의 흑의)'야. 훗… 어때, 멋있지."

"…그, 그래."

굉장히 반응하기 뭐한데… 설명을 안 하고 넘어갈 수는 없을 것 같다.

쿠로네코가 걸치고 있는 건 그야말로 게임 같은 데서 검은 마법사가 입고 나오는 것 같은 검은색 로브였다. 후드를 쓰면 거의 얼굴이 다 가려질 정도였다.

수상한 녀석이다.

점술관이라면 몰라도 신칸센 안에 존재하면 의심스러운 사람으로밖에 안 보여.

"이봐, 이봐! 이 후텁지근한 코스프레 의상을 벗긴 내 공이 크다고 생각 안 하나요?!"

그러게나 말이다. 세나, 너 정말 큰 활약을 보여줬다.

나는 잘 생각해 거짓말은 아닌 감상을 말했다.

"음… 그 옷도 잘 어울리지만… 전의 그게 더 좋은 것 같아."

"그, 그래….."

쿠로네코는 후드를 당겨 더욱 얼굴을 가려버렸다.

그렇게 여행은 순조롭게 흘러가….

지금 우리는 섬으로 가는 페리호 갑판에 있다.

앞에서 불어오는 바닷바람. 얼굴이 따가울 정도지만, 이글이글 타는 듯한 햇살 아래에서는 오히려 시원하고 기분 좋았다.

"선글라스라도 가져올걸 그랬네."

은근슬쩍 옆에 있는 쿠로네코를 쳐다보았다.

괜찮을 것 같긴 하지만… 작고 가벼운 그녀라 조심하지 않으면 바람에 날아가버리는 게 아닐까 걱정이 되었다.

그런 그녀는 지금 한 손으로 치마를 열심히 누르고 있었다.

아아… 아슬아슬하네.

다행히 아무도 이쪽에 주목하는 사람은 없었다. 자연스레 바람을 막는 위치로 자리를 옮기자 쿠로네코는 휴 하고 한숨을 내쉬었다.

"…고마워."

"뭐. 아래로 내려갈까?"

"아니, 모처럼 가는 거니까 제대로 '체험'을 하고 가야지. 이 '바람의 울음소리'를 말이야."

"하긴, 취재 합숙이니까."

게임 무대를 섬으로 한다면 갑판에서의 체험은 도움이 될 거다.

조금 야한 장면으로 살릴 수 있을지도 모르고… 는 생각만 했을 뿐 말하지는 않았다.

"오, 저기 섬이 보인다!"

아카기가 흥분해 소리치며 앞쪽을 가리켰다.

목소리가 들리는 범위에 있던 모든 사람이 그와 같은 것을 보고 오오, 환성을 질렀다.

우리의 목적지인 '이누마키지마(犬槇島)'다.

시각은 저녁 무렵으로 접어들고 있었는데 아직 해는 높게 떠 있었다.

배는 계속 나아갔고 마침내 섬의 윤곽이 뚜렷하게 드러나기 시작했다.

섬의 전체 모양은 거의 산과 숲이다. 바닷가에 마을이 넓게 자리 잡고 있었다.

시간만 허락한다면 걸어서 돌 수 있을 법한 작은 섬.

그런데 뭉게구름을 배경으로 한 모습이 신비하게 보였다.

페리에서 내리자 고깃배가 줄지어 정박한 항구가 우리를 맞이해 주었다.

소위 관광지다운 모습은 전혀 찾아볼 수 없는 곳이었다. 대신 자리한 건 짙은 대자연의 향기, 말매미의 대합창, 묘하게 큰 길고양이의 시선, 그런 것들이었다.

"오오, 돌아왔다는 느낌이 드네."

부장은 사랑스럽다는 듯이 섬을 둘러보았다. 이 섬은 그에겐 고향인가 보다.

"헤에⋯ 적당히 비현실적인 분위기라서 게임 무대로는 좋은 장소가 될지도 모르겠네요."

"그렇지, 마카베? 산에 올라가면 신사도, 강도 있고 밤이 되면 모래사장도 나쁘지 않다고. 걸게임에 쓸 만한 좋은 현장이 한가득이라 이거야. 모두 도쿄에 있었으면 보지 못했을 곳이라 이거야."

마카베와 부장이 대화하는 옆에서 세나가 산을 올려다보았다.

"우⋯ 와⋯ 섬에 오니까 자연이 한층 더 짙어지네요. 편의점이 하나도 안 보이는 것도! 믿기지 않아요! 도시에서 사는 인도어파 소녀에겐 힘든 장소 아닌가요⋯."

"세나, 자판기에서 주스 사 올게. 저기 그늘에 들어가서 기다리고 있어라."

각자 섬의 첫인상을 주고받고 있었는데, 눈치는 채셨는지.

모두 치바는 도시로 도쿄와 똑같다는 전제하에 말하고 있었다.

치바 시민에겐 그런 면이 있었다.

"그럼 모두 내렸지. 잊은 건 없고? …가자!"

부원을 인솔하는 부장이 인솔 선생님처럼 구는 게 묘하게 재밌었다.

우리는 앞장 선 부장의 뒤를 개미 행렬처럼 걸어갔다.

나와 쿠로네코는 맨 마지막. 그녀는 덜컹덜컹, 트렁크를 끌고 있었다.

그런데… 얘 땀 한 방울 안 흘리네.

여름 코믹마켓에서도 그랬는데.

설녀 같은 얼굴인데… 더위에는 강한가?

새하얀 피부가 햇볕에 타서 고생하게 되진 않을까?

참견하고 싶은 본능이 근질근질 솟는다.

"햇볕 괜찮아? 짐 들어줄까?"

"괜찮아. 언젠가 말해줬잖아? …몸을 얇은 요기의 막으로 뒤덮고 있어서 덥지 않다고."

…순간 사실일지도 모른다는 생각이 들었다. 하지만 걱정되는 건 어쩔 수 없는 일이다.

내 속마음이 전해졌는지 쿠로네코는 쑥스럽다는 듯 고개를 돌렸다.

"그렇게 말한다면 추가 방어를 더하지."

쿠로네코가 어디선가 양산을 꺼내 펼쳤다.

하얀 원피스를 입고 그런 걸 드니까 정말 아가씨로밖에 안 보인다.

평소와 다른 인상의 그녀에게 다시 가슴이 뛰었다.

"…아, 선배?"

"어?"

얼간이처럼 되묻자 그녀는 양산을 들고서 내게 다가왔다.

"…둘이… 어, 때?"

"……."

한참 동안 침묵이 이어지고.

"그, 그냥 말해본 것뿐이야…."

"아, 아니, 잠깐만."

반사적으로 손을 내밀다가 양산을 치우려는 그녀의 손에 닿고 말아 두 사람은 그대로 당황했다. 몇 초 동안 서로를 보며 쩔쩔맨다.

"그럼… 내가 들게."

"…부탁해."

그렇게 되었다.

맑은 하늘 아래, 한 양산을 쓰고 걸어간다.

더위를 피하기 위한 행위인데 역효과였는지도 모르겠다.

언덕을 올라가니 바다를 굽어볼 수 있었다. 멋진 풍경이었다.

길게 자리한 태양이 드디어 가라앉고 있어 하늘이 오렌지색으로 물들어간다.

합숙 첫날은 거의 이동으로 끝나버릴 것 같구나.

하지만 밤이 되어도 아직 즐거운 일은 남아 있다.

그게 합숙이란 것이다.

마침내 목적지에 도착했다.

우리가 머물 민박 '미우라장'은 고풍스러운 2층 건물이다.

정면으로 바다가 보이는 게 장소는 나쁘지 않았다.

현관의 미닫이문을 열자 향수(鄕愁)를 부르는 향기가 났다.

…아아, 그렇구나.

내 소꿉친구가 사는 타무라가와 닮았어.

할머니 집 냄새.

현관은 일반 민가보다 조금 넓은 정도여서 부원들이 동시에 들어서자 비좁게 느껴졌다. 접수 탁자에 핑크색 구식 전화기가 놓여 있는 게 눈에 띄었다.

…버튼이 없는 전화기는 처음 보는 것 같은데.

시끌벅적하게 신발을 벗고 슬리퍼로 갈아 신는다.

거기서 우리를 맞아준 것은 소매 있는 일본풍 앞치마를 입은 백발의 여성이었다.

"다들 잘 왔어. 손자가 신세를 많이 지고 있구나."

미우라 부장의 할머니가 분명했다. 그와 닮은 구석이 있었다.

"할머니, 나 왔어. 믿음직스러운 도우미들을 데리고 왔지."

"이런, 이런… 이렇게 많은 젊은이들이 도와주다니, 정말 큰 힘이 되겠구나."

흘려 넘길 수 없는 대화에 옆에 있던 마카베가 반응했다.

"부장, 도우미… 라니요?"

"내가 말 안 했나? 실은 너희들이 이 섬에서 매년 열리는 '전통 축제'의 준비를 도와줬으면 해서."

"처음 듣는 소린데요!"

"거봐, 역시 다른 꿍꿍이가 있었어!"

마카베와 세나가 격분했다.

"겐노스케, 네 이 녀석!"

"아야! 왜 그래, 할머니."

뒤통수를 얻어맞은 부장이 호소하자 부장의 할머니… 민박 주인은 붕붕이란 의태어가 어울리는 모습으로 손자를 혼냈다.

"사람들에게 아무것도 안 알려준 거냐! 난 너한테 도와달라고 했지! 축제 준비를 맡았던 우리 영감이 허리를 다치고 작년까지 도와줬던 젊은이들도 상경해서 올해는 힘을 쓸 사람이 줄었다고! 그런데 말도 안 하고 데려온 친구들한테 일을 시키려 하다니, 무슨 짓이야!"

우왓! 상냥해 보이는 할머니인 줄 알았더니만 화내니 무섭네!

부장은 쫄지 않고 받아쳤다.

"아, 아니, 가마 운반도 하고 그래야 하잖아? 어부 출신인 할아버지를 어떻게 대신해! 내 이 가는 허리로 들 수 있는 건 동인지 수십 권이 한계라고."

의외로 많이 드네.

하지만 이 사람의 팔은 새하얗고 비쩍 마르긴 했지.

그는 마침 바로 옆에 있던 아카기의 팔에 자신의 가는 팔을 걸고서 끌어당겼다.

"이것 봐, 할머니! 이 운동부에서 단련된 탄탄한 팔을! 내 허벅지만하네!"

"미우라, 너 내 특별 참가를 허락해준 건… 설마….."

아카기가 싸늘한 눈을 하고서 기가 막혀 하고 있었다. 그러자 부장은 주눅 들지 않고 대답했다.

"그래, 눈치챈 대로…."

"오빠 몸을 노렸던 거군요!"

세나가 입가에 두 손을 대고서 새된 비명을 질렀다. 참 즐거워 보이네.

"기분 나쁜 표현은 쓰지 마! 혼자선 어려우니까 도와주길 바랐던 거라고!"

"그럼 그렇다고 처음부터 말해주지 그랬어. 그 정도야 얼마든지 해줄 수 있는데."

아카기가 멋들어진 소리를 한다.

"그렇지, 코우사카?"

그러면서 나를 돌아본다.

"응, 뭐."

솔직히 아카기만큼 힘을 쓸 자신은 없긴 하지만….

쿠로네코가 보고 있으니 나도 모르게 허세를 부리게 된다.

"그렇게 말해줄 줄 알았어! 형제여!"

부장은 그런 넉살 좋은 소리를 했다가 여주인 할머니에게 귀를 잡혔다.

"…이거 참, 이럴 줄 알았다니까요. 하하, 뭐, 상관없지만요."

마카베를 비롯한 남자 부원들도 거의 다 협력적이다.

어찌 됐든 부장은 인덕이 있는가 보다.

아니, 그보다 아카기도 말했다시피… 어려운 일은 아니다.

힘쓰는 일과 거리가 먼 오타쿠 남자들이긴 해도 이 정도 숫자가 되니 말이다.

뭐, 웬만한 일들은 어떻게든 되겠지.

확신은 없지만… 이건 부장의 구실이 아닐까 하는 생각마저 들었다.

일주일간 숙박할 장소를, 그저 공짜로 제공을 해준다면.

아니면 사전에 '대신 축제 준비를 도와줘'라고 정식으로 제안을 했다면.

나도 고심했을지도 모른다.

아무래도 어렵겠네요 하고 거절했을지도 모른다.

이렇게도 말할 수 있겠다.

우리는 '다른 꿍꿍이가 있을 것 같으니까 안심하고 합숙에 참가했다'고 말이다.

그러니까.

미안해하는 할머니에게서 축제 준비에 대한 이런저런 이야기를 들었다.

그러니까 남자들이 부족하니 힘쓰는 일을 도와달라는 내용이었다.

소위 회장 설치 알바 같은 것으로… 마카베가 대표로 정식으로 남자 부원이 모두 도와주길 바란다는 뜻을 전했다. 알바비를 주겠다고 열심히 말해주었지만, 물론 고사했다.

"남자 부원들만 일하게 하는 건 미안하군."

쿠로네코가 조용히 중얼거렸다.

"나도 도울 일이 있으면 좋겠는데."

"그러게나 말이야…."

여자 부원들은 쿠로네코에게 동의했는지 이야기를 하고 있었다.

그 결과는 이튿날 아침에 판단하게 되는데… 지금의 나는 알 길이 없었다.

참고로 참가한 여자 부원은 세 명이다. 쿠로네코, 세나… 마지막

한 명은 나와 같은 학년의 여학생인데 거의 대화를 해본 적이 없어서 잘 모르는 애다.

며칠 전의 회의에서 화제가 됐던 게임 일러스트를 그린 사람으로, 마카베가 설득해 차기작 제작과 합숙에 참가해주게 되었다고 한다.

엄밀하게 따지면 부원은 아니겠지만… 뭐, 그게 그거니까.

중요한 건 잘만 풀리면 쿠로네코에게 한 명 더 오타쿠인 동성 친구가 생길지도 모른다는 사실이다.

아무튼.

남자 부원이 축제 준비를 돕는다는 걸로 이야기가 정리되었다.

"얘들아, 손자가 폐를 끼쳤네. 정말 미안해….'

아까부터 할머니는 계속 미안해하고 있었다.

부장과는 편한 사이인지 노안인 그가 평범한 어린애처럼 혼나는 걸 보니 왠지 부러웠다.

부장이 쑥스럽다는 듯이 말했다.

"다들 고맙다. 여자들도 그렇게 신경 안 써도 돼. 노인네들이 심심풀이 삼아 하는 민박이라고 했잖아. 어차피 다른 숙박객도 안 오니까. 그런데 젊은이들이 많이 와줘서 할머니는 기뻐하고 있다고."

그 말에 할머니가 손자의 머리를 한 대 때리고선 웃으며 우리를 쳐다보았다.

"그럼, 그럼. 나도, 우리 영감도 무척 기뻐하고 있단다."

그녀는 사람 좋은 미소를 지었다.

"별로 대접할 것도 없지만 편히 쉬다 가렴."

잘 부탁합니다! 하고 다 함께 정식으로 인사를 했다.

"밥은 기대해도 좋아. 갓 잡은 바다 진미들이라고."

이렇게 말하는 부장.

…오오, 그거 좋은데.

"하지만 식사 시간이 이르니까 짐 풀고 목욕하자."

그렇게 되었다.

우리가 안내된 곳은 다다미가 깔린 방이었다.

제법 넓고 청소가 잘되어 있어 여관이나 호텔 방이라고 해도 어색하지 않을 정도다.

중앙에 매끄러운 나무 탁자가 있고, 찻잔과 주전자 등이 나란히 놓여 있었다.

넓은 툇마루에는 흔들의자가 있었다. 창으로는 저녁놀에 물든 바다가 보였다.

색이 변색된 에어컨은 오래되어 보였지만 문제없이 돌아가는지 이미 냉방이 잘되어 있었다.

시원한 바람을 쐬고서 후우, 한숨을 내쉰다.

"방 좋네요."

"응."

나는 마카베와 얼굴을 마주하고 웃었다.

심심풀이 삼아 하는 민박이라니 너무 겸손하시네.

우르르, 다 함께 짐을 내려놓는다. 운동 부족인 오타쿠들에겐 긴 여행이 무리였는지 헐떡대는 한심한 소리를 내는 녀석도 있었다.

당장 노트북을 펼치는 녀석을 보니 역시 게임 연구회란 생각이 들었다.

참고로 물론 여자 부원들과는 같은 방을 쓰지 않는다.

쿠로네코를 포함한 세 명은 벽 하나를 사이에 둔 옆방에 머무르고 있다.

무심히 똑똑, 벽을 두드려보았다.

물론 대답이 있을 리가 없어 내 묘한 행동에 쓴웃음이 나왔다.

"여긴 평범한 목욕탕밖에 없어. 대중탕이지."

부장이 말했다. 나는 잠시 생각하다 물었다.

"가까운가요?"

"바로 뒤야."

"그럼 전 나중에 할게요."

내 발언에 아카기가 반응하며 다가왔다.

"야, 코우사카, 왜 그래? 같이 하자~."

"기분 나쁜 소리 하지 마, 아카기. 지금 딱 해 질 녘이라 하고 싶은 게 있다고."

"쿄우스케, 너 요새 나한테 너무 차가운 거 아니니?"

갑자기 여자 말투 쓰지 마.

네 동생이 썩은 발언을 반복하게 된다고.

덕분에 괜히 경계하게 되잖아.

그런 나 자신을 깨닫고 괜히 더 기분 나쁘게 느끼는 악순환. 정말 괴롭다.

"그런데 코우사카가 '해 질 녘에 하고 싶은 거'는 뭔데?"

"먼저 섬 사진을 찍으러 갈까 하고. 목욕하고 나면 다시 땀 흘리고 싶지 않잖아."

노벨 게임에는 해 질 녘 장면도 필요할 거다.

오늘 할 수 있는 건 오늘 안에 해두고 싶었다.

어쩌면 오늘 찍은 사진을 바로 내일 쿠로네코가 쓰게 될지도 모르니까.

"의욕이 넘치네."

아카기가 쓴웃음을 지었다.

응? 너 뭐야? 왜 기뻐 보이냐. 이해할 수 없는 녀석이네.

그때 부장이 이야기에 끼어들어서,

"그런 거면 고코우랑 같이 갔다 와."

이런 말을 했다.

"왜요?"

"시나리오 라이터가 현지를 방문했으니 지시를 받아 찍는 게 더 낫잖아."

"그런 건가요?"

"응. 자, 갔다 와."

웃으며 등을 떠밀려 석연치 않은 기분으로 그렇게 하기로 했다.

"아, 그럼 저도 갈까요?"

마카베가 따라오려고 했지만 그의 작은 등을 아카기가 걷어찼다.

전직 축구부와는 아무 상관없는 날아차기였다. 프로레슬링 기술이다.

"아! 가, 갑자기 왜 그래요… 아카기네 오빠!"

"너한테서 오빠 소리 들을 이유 없거든! 세나를 보는 눈이 불결해, 너!"

"네에에! 지금 그 일로 화낼 타이밍이었습니까?!"

"알 게 뭐야, 이 바보야! 아니, 너 진짜 너무 둔한 거 아니냐! 미

우라가 어울리지 않게 신경을 써주고 있는데… 동성애 게임 주인공
이냐?"

"왜 장르를 좁히는 거죠!"

쟤네 뭐 하냐.

나는 고개를 갸웃거리며 바보 같은 대화가 이어지는 남자 방을
뒤로했다.

옆방 앞에서 부르자 문이 열리고 쿠로네코가 모습을 드러냈다.

"왜 그래, 선배?"

"섬 사진 찍으러 갈 건데 같이 갈래?"

"…글쎄. 마침 지금 세나랑 목욕 가려고…."

"우린 신경 쓰지 말고 갔다 와."

이야기를 듣고 있었는지 세나가 방 안에서 말을 건넨다.

뒤이어 그녀는 도도도 달려 나와 쿠로네코의 귀에 입을 갖다 댔
다.

"루리, 저기… 모처럼의 기회니까…."

목소리가 작아서 알아들을 수 없었다. 비밀 이야기라면 집중할
수 없지.

"…뭐… 뭐, 무슨 소릴 하는 거야… 넌…."

쿠로네코가 눈을 깜박이며 당황한다. 무슨 이야기를 했는지….

비밀 이야기를 끝내자 세나가 능글능글 웃으며 의미심장한 느낌
으로 쿠로네코의 어깨를 두드리고선,

"그럼 잘해봐라…."

방 안쪽으로 물러났다.

나는 일단 쿠로네코에게 물어보았다.

"무슨 이야기 했어?"

"아, 아무것도 아냐."

"그래."

애초에 가르쳐줄 거라 생각하지 않았기 때문에 별문제는 없다.

쿠로네코는 부끄럽다는 듯이 꼼지락대더니 마침내 나를 올려다보고서.

"…나도, 같이 갈래."

같이 가주려나 보다.

"좋아."

쿠로네코를 데리고 외출했다.

하늘은 아직 밝았지만 해가 질 때까지 시간은 별로 없었다.

"사진 찍으러 근처 한 곳밖에 못 가겠네."

"어디로 갈까?"

나는 배낭에서 지도를 꺼내 펼쳤다.

"신사로 하자. 같은 구도로 해 질 녘과 밤 사진을 찍고 싶어."

장소를 확인하고 출발.

민박 '미우라장'에서 북쪽을 향해 조금 걷다 보니 신사 안내 간판이 나왔다.

낡고 지저분해서 거의 알아볼 수 없었지만 아마 '히텐 신사'라고 적힌 것 같다.

"'히텐'이 뭐지?"

"나중에 미우라 부장한테 물어보기로 해. 소재가 될지도 모르니까."

"그래."

간판의 화살표를 따라 언덕을 올라가자 지면이 아스팔트에서 자갈길로 바뀌었다.

숲 속 산책로 같은 분위기다. 나무 울타리가 길을 따라 이어져 있었다.

"이 부근은 배경에 쓸 만하겠네."

"사진 찍어둘까?"

재빨리 디지털 카메라로 촬영한다. 아버지에게서 빌려온 것이다.

"서두르자. 생각보다 머네. 해가 지기 전에 도착해야지."

"괜찮겠어? 피곤하진 않아?"

"괜찮아."

다부지게 말하기에 그녀의 상태를 신경 쓰며 앞으로 나아갔다.

마침내 산책로 막다른 길에 다다랐고….

"……."

쿠로네코가 '현실이냐'는 얼굴로 파랗게 질렸다.

오르막 계단이 길게 이어져 있었다. 이 앞에 '히텐 신사'가 있는 거겠지.

"…업어줄까?"

"…괘, 괜찮아."

"괜찮을 것 같은 얼굴이 아닌데."

"됐으니까 가자고."

체력도 없으면서 발끈하기는. 난 크게 숨을 내쉬었다.

"난 힘들어. 천천히 가자. 해가 지면 그것도 어쩔 수 없는 거지."

"배려하는 거 다 보이거든."

쿠로네코는 싸늘한 눈으로 내 생각을 간파했지만, 훗 하고 미소를 지었다.

"하지만 고마워. 네 그런 점이 좋아."

"…으, 응."
굉장한 기습 공격이다.
어떻게 반응해야 좋을지 모르겠다.
'좋아한다'니, 어떻게 좋아한다는 걸까…?
이런저런 생각이 많아져서.
그녀에게서 시선을 돌려 앞을 보았다.
"가, 갈까."
"그, 그래."
야, 왜 너까지 동요하고 그러는 거냐?

긴 돌계단을 다 오르자 나무로 된 토리이가 있었다.
높은 곳에서 돌아보니 힘차게 뻗어 있는 나무들.
이 신사는 숲속에 덩그러니 뚫린 곳에 위치한 것 같았다.
"…후우… 해 지기 전에 도착했네."
쿠로네코가 이젠 한계라는 듯이 토리이에 기대 숨을 헐떡였다.
"수고했어."
"너도. …그런데 해가 너무 느리게… 지는 거 아냐…? 오르는 데… 상당히… 시간을 들인 것… 같은… 데."

무리하지 마. 진정한 다음에 말해라.

"그러고 보니 전혀 어두워지지 않았네."

민박집으로 갈 때 이미 하늘 색깔이 변하고 있었는데.

아직까지 저녁놀에 물들어 있었다.

"의외로 시간이 많이 흐르지 않은 거 아냐?"

"지금 몇 시야? 전화기를 놓고 와서…."

"어디 보자…."

나는 손목시계를 확인했다.

그런데….

"어? 멈췄네… 우와, 이러기야…. 난 아무 짓도 안 했는데."

"기계치의 변명인가."

"아니야, 나 진짜로 이게 망가질 만한 짓 한 거 없다고. 요전의 휴대전화도 그렇고, 요새 내 주변에서 뭐가 너무 망가지는 거 아니냐… 쳇."

움직이지 않으니 어쩔 수 없지. 어디 보자… 전화는 나도 민박에 놓고 왔으니까… 디지털 카메라의 내장 시계를 보면 되겠지.

그렇게 생각했는데.

이것도 초기 상태로 돌아가 있었다. 촬영하는 데는 지장이 없을 것 같으니 그건 안심이었지만.

나는 항복 자세로 두 손을 들며 말했다.

"이런 사정으로 나도 시각을 모르겠다."

"맙소사네…."

거의 호흡이 진정됐는지 쿠로네코는 토리이를 지나 다가왔다.

"그럼 어서 저녁놀 사진이나 찍어야지. 언제 어두워질지 모르니까."

"그러게."

나는 디지털 카메라를 들고 쿠로네코 쪽으로 돌렸다.

토리이를 넘은 순간, 목덜미에 찌리릿 하고 정전기가 흐르는 듯한 감촉이 느껴졌지만,

"?"

기분 탓이라고 판단했다.

"왜 그래, 선배? 거미집에라도 걸렸어?"

"아니, 아무것도 아냐. 지금 갈게."

걸음을 놀려 앞서 가버린 쿠로네코를 쫓아간다.

멈춰 선 그녀를 따라잡아 나란히 옆에 섰다.

경내에 인기척은 없었다. 나와 쿠로네코 둘뿐.

우리 앞에 있는 건 새전함조차 없는 작은 사당이다. 제법 오래된 곳인 것 같은데 손질이 잘되어 있어 지저분하단 생각은 들지 않았다. 오히려 그 세월이 신비한 인상을 더욱 강조해주었다.

장엄한 신역이다.

"…………."

한참을 제자리에 서 있었다.

이 정적에 찬 공기는 사진이나 동영상으로는 전해지지 않겠지.

부장 말처럼 쿠로네코를 데리고 오길 잘했어.

'직접 체험한다'는 게 얼마나 중요한지 알게 된 것 같다.

사진은 어디까지나 기억을 떠올리기 위한 도구에 불과하다.

"선배, 사진."

"아, 응."

쿠로네코가 말을 걸어주지 않았다면 언제까지고 멍하니 서 있었을지도 모르겠다.

저녁놀을 배경으로 사당을 몇 장 찍었다. 몸을 빙 돌려 경내도 찍었다.

위치를 이리저리 바꿔가며 나중에 자료에 부족함이 없도록 마구 찍어댔다.

"이 정도면 되나?"

"토리이를 경내 쪽에서 한 장, 돌계단에서 위로 올려다보는 구도로 한 장 찍어줘."

"알았어."

쿠로네코의 지시대로 다시 사진을 찍는다.

저녁놀 사진을 다 찍었으니 해가 저물 때까지 더위를 피할 수 있는 그늘에서 대기하기로 했다.

이제 밤이 되면 같은 구도에서 촬영하고 돌아가서 목욕을 하는 거다.

돌아갈 밤길이 걱정됐지만 가로등이 있었으니까 문제는 없을 거다.

자, 끈질긴 태양이 가라앉을 때까지 잡담이라도 하며 기다리기로 할까….

"선배, 내가 담당할 여주인공 말인데…."

"응."

"…첫 등장 신에 대해 말할 테니까 의견 좀 줄 수 있어?"

"물론이지. 그런데 내 의견으로 되겠어? 완전 문외한인데."

"걸게임은 나보다 잘 알잖아."

"뭐, 응, 그렇긴 하지….."

주로 여동생 때문에.

"난 걸게임 시나리오는 처음 써봐. 지금까지 전혀 관심도 없었고, 키리노가 말을 꺼내도 일방적으로 폄하하고 바보 취급만 했거든…
…."

"…옛날 생각 나네."

부디 다시 한번 좋아하는 작품 때문에 대판 싸우는 너희들의 모습을 보고 싶다.

쿠로네코는 말했다.

"기왕에 할 거면 진지하게 쓸 거야. 그러니까 키리노가 모에를 느낄 만한 '귀여운 여주인공'을 만들면 되는 거잖아?"

"그렇, 지. 좋은 방침이라고 생각해."

여러 의미에서.

키리노의 걸게임 플레이어로서의 감성은 지나치게 여동생에게 경도된 점을 제외한다면 꽤 대중적에 가까웠고, '재미를 느끼게 해주고 싶은 상대'가 명확한 건 좋은 거라고 생각한다.

나도 키리노에 대해서라면 잘 안다.

그 녀석이 어떤 게임을 재미있어하고 어떤 여주인공에 불타는지
….

누구보다도 잘 알고 있다.

그러니까.

이제부터 쿠로네코가 쓸 작품에 대해서도 키리노라면 뭐라고 할지 알고 있다.

"야, 걔가 일본에 돌아오면 플레이시켜보자."

"그래… 후훗… 늘 그랬듯이 기분 나쁘게 불타게 만들어주겠어. 우리가 만든 여주인공으로."

훌륭하군. 그렇게 하자.

큭큭… 정말 좋은 방침이다. 굉장히 재미있어지는걸.

"그래서… 여주인공의 등장 신?"

"응… 처음 쓰는 거니까 평범하게 갈까 해."

"흐음, 어떻게?"

"'하늘에서 내려오는' 건 어때?"

"정말 평범하구나."

걸게임뿐만 아니라 만화나 애니에서도 흔히 볼 수 있는 전개 중 하나다.

"괜찮지 않나? 그 녀석은 에로 게임 여주인공에 평범한 등장 신이라 안 된다고 한 적은 없거든. 제일 중요한 건 여동생이냐 아니냐지. 두 번째로 중요한 건 에로 큐티인가 하는 거고."

"그렇지."

쿠로네코는 쓴웃음을 지으며 고개를 끄덕였다.

"덕분에 자신감이 생기네. 고마워. 여주인공의 이름은 이미 생각해놓은 게 있으니까 다음으로 정할 건 '어째서 하늘에서 내려오는 가', '어디에서 내려오는가', '내려왔을 때 주인공은 뭘 하고 있는가' … 그 정도인가."

"'어째서 하늘에서 내려오는가'… 천사거나 우주인이거나."

"'어디서 내려오는가'… 평범하게 통학로나 주인공의 집 지붕을 뚫거나 여주인공과 사연이 있는 장소거나."

"'내려왔을 때 주인공은 뭘 하고 있는가'… 뭐, 부딪치는 게 제일 기본이긴 하지."

"행운의 변태로 이어지는 거네."

"남성향에선 흔한 거지…."

…이렇게 소재 찾기로 대화가 흘러가고 있을 때였다.

우리는 나무 그늘에서 잡담을 나누고 있었는데 쿠로네코가 갑자기 눈을 휘둥그레 떴다.

"선배, 위."

당황하며 큰 소리를 낸다.

"어?"

나는 얼빠진 소리를 내며 위를 올려다보았고….

"꾸엑!"

내려온 것에 깔렸다. 얼굴에서부터 정면으로.

상당히 충격이 컸다. 솔직히 용케 기절 안 했다 싶다.

눈을 질끈 감고 있어 아무것도 보이질 않는다.

"아… 윽… 아야야…."

별이 튀어나왔다는 표현이 있는데 지금이 바로 그랬다.

나는 그 자리에 쓰러지고 말았는데 흙 위라 다행이었는지 다치진 않은 것 같았다.

순간적으로 거기까지 생각이 미쳤는데.

…뭔가가 몸 위에 올라타고 있다.

눈을 떴다. 그러자….

"으~, 아파아~."

하얀 소녀가 바로 눈앞에 있었다.

청초한 블라우스, 눈처럼 투명한 피부는 당장에라도 녹아 사라질 것만 같았다.

그런 그녀는 내 위에 엉덩방아를 찧고서 눈을 질끈 감고 있었다.

아무래도 이 아이가 '하늘에서 내려온' 것 같았다.

물론 정말로 '하늘에서 떨어진' 건 아니겠지만, 이해하기 힘든 현상을 순순히 받아들일 수 있었던 건 그녀의 외모가 너무나 뛰어나서였을 거다.

"선배, 다치진 않았어?"

쿠로네코가 걱정스러운 얼굴로 살펴본다.

나는 "괜찮아"라고 대답하고서 수수께끼의 소녀에게 말을 걸었다.

"야, 너…?"

"어? 아….'

소녀가 내 목소리에 반응해 눈을 떴다.

"으에엑!"

너무 놀라는 거 아냐? 미인인데 엄청 리액션이 과하네, 이 녀석.

내가 더 놀랐다.

"어? 어? 왜, 왜? 어째서? 어떻게 된 거야?"

멍하니 벌린 입을 한 손으로 가리고서 떨리는 손가락으로 내 얼굴을 가리키며 '?'를 머리 위에 대량 발생시키고 있었다.

그런 그녀에게 나는 냉정하게 말했다.

"혼란에 빠진 상황에 미안하지만 내 위에서 비켜주지 않을래?"

"우왓! 와앗!"

만화였다면 후다닥 같은 의태어가 수반할 듯한 몸짓으로 그녀는 그제야 내 몸에서 내려와 옆에 섰다.

　뒤이어 나도 자리에서 일어나서 "다친 데는 없어?" 라고 물었다.

　그러자 소녀는 자기 소지품으로 보이는 스케치북을 주워서 대답했다.

　"괜찮아요!"

　"그래."

　휴우… 크게 안심이 된다.

　"…그런데?"

　팔짱을 낀 쿠로네코가 소녀와 내 사이로 끼어들었다.

　"넌 어디서 떨어진 거니?"

　"…으으으…."

　"내 얼굴을 보고 놀라다니 무례한 인간이네."

　"미, 미안해요. 아… 그… 예뻐서~."

　"구차한 변명은 그만해."

　싸늘하게 노려보는 쿠로네코.

　역시 아는구나.

　딱 봐도 뭔가를 둘러대는 듯한 느낌이었거든.

　"아니라니까! 아, 어디서 떨어졌냐고? …저기."

　소녀는 위를 가리켰다. 우리의 시선은 그녀의 손가락 끝을 따라갔고….

　"구름 위?"

　"나무 위."

　"…하아…."

　쿠로네코는 실망했다.

너… 정말로 '하늘에서 천사가 떨어졌을'지도… 하고 망상했지?

아니, 나도 한순간이긴 하지만 그런 생각을 했으니 남 말 할 처지는 아니다만.

그럴 리가 있냐.

마치 천사 같은 새하얀 소녀는 말했다.

"나무를 타다가 떨어져서."

"그 나이에? 설마 나무 위에서 그림이라도 그리고 있었던 거야?"

쿠로네코는 그녀가 갖고 있는 스케치북을 슬쩍 보고 물었다.

특수한 구도를 찾아… 창작을 위한 기행을 벌인 거라면 납득할 수 있다는 듯이.

참고로 소녀의 나이는 쿠로네코와 같아 보였다.

중3에서 고1 사이 정도. 개인차가 있어서 확실하진 않지만.

쿠로네코의 질문에 그녀는 "아냐아냐" 라고 몸짓을 더해가며 부정하더니 갑자기 의기양양하게 말했다.

"투구벌레 잡으려고 그랬어!"

"…그 나이에?"

"뭐 어때! 아, 한심하단 눈으로 보지 마! 있지, 이 섬의 벌레는 굉장하다고! 투구벌레에 사슴벌레에 희귀해서 비싸게 팔리는 게 아직 살고 있단 말이야!"

"헤에, 그래."

솔직히 지적할 부분이 산더미였지만.

일단 나무를 타던 이유에 대해 그녀가 주장하는 바는 잘 알겠다.

그 말에 쿠로네코는 소녀에 대한 관심이 약해진 것 같았다.

"그래. 멋진 옷 더럽히지 않게 조심해."

눈을 돌리고 등을 보인다. 어쩌면 옷을 직접 만드는 걸 좋아하는 쿠로네코는 예쁜 옷을 입고 나무를 타는 소녀에게 화가 난 건지도 모르겠다.

그런 분위기를 알아챘는지 하얀 소녀는 쿠로네코를 "잠깐만!" 하고 큰 소리로 불러 세웠다.

"아, 여기엔 깊은 사정이 있어! 나…."

하지만 쿠로네코는 매정하게 콧방귀를 뀌었다.

"관심 없어."

"아니, 좀 들어봐! 길진 않을 테니까! 저기, 있지, 모처럼 이렇게 알게 됐잖아!"

"…할 수 없지… 말해보렴."

이상하다… 이건 이상 사태다.

아까부터 쿠로네코가 처음 보는 상대와 자연스레 대화를 하고 있다고.

도, 도대체, 이게 어찌 된 영문이지….

아무 계기도 없이 타인과 제대로 된 관계를 구축할 수 있을 만큼 성장한 걸까.

내가 쿠로네코에게 굉장히 무례한 감상을 느끼고 있는 사이에, 소녀가 말을 시작했다.

"나, 이 섬에 여행을 왔는데… 여러 가지 일이 있어서 돈이 떨어졌거든!"

여러 가지 일이 뭔데. 중요한 걸 너무 생략한 거 아냐?

"그래서 빨리 '의식주'를 확보해야 해. …하지만 이렇게 젊디젊은 소녀가 갑자기 일일 알바를 어떻게 할 수 있겠어? 이제 해도 지고 있는데."

"그래서 벌레를 잡고 있었구나."

"희귀한 큰 놈을 팔아서 오늘 밤 숙박비를 벌자 대작전!"

속 편한 작전명이다.

그러고 보니 곤충은 규제 대상종만 아니면 개인이 팔아도 되긴
했지?

과연 그렇게 잘 풀릴까. 애초에 이 섬에 그걸 사줄 만한 가게가
있긴 할까.

이야기를 들은 쿠로네코는 이번엔 확실하게 걱정에 찬 표정을 지
었다.

"같이 온 사람은? 설마 혼자 여행을 온 건 아니겠지? 파출소에는
갔어?"

"아~ 가족하고 왔는데 그쪽엔 기대기 어렵다고나 할까 말이지
요~."

사정이 있나 보다. 이 아이, 아무래도 수상한데.

쿠로네코는 으음… 하고 심각한 얼굴로 생각에 잠기더니 마침내
이렇게 입을 열었다.

"난 고코우 루리. 네 이름을 가르쳐줘."

"어? 아, 내, 내 이름은… 코, 가 아니라… 아차차…."

하얀 소녀는 꺼내려던 말을 중간에 멈췄다.

한참 생각을 하더니 다시 입을 연다.

"난… 마키시마 하루카입니다."

"뭐라고? …한자는 어떻게 쓰지?"

"마키시마는 향나무 '진(槇)'에 섬을 뜻하는 '도(島)', 유구(悠久)하

다의 '유(悠)'라고 쓰고 '하루카'라고 읽어."

"…그래."

뭐지, 이 대화는.

쿠로네코가 눈을 크게 뜨고 동요하는데….

단지 딱 봐도 가명이라서 그런 것만은 아닌 것 같지?

강한 위화감이 들었다. 일단 가명을 쓰는 것 자체가 이상하고, 게 다가….

순간적으로 생각한 가명치고는 한자를 물었을 때 너무 거침없이 대답하잖아.

가명인데 거짓말을 하는 느낌은 아니었어.

이상하잖아?

아아… 이름에 대해서는 섬의 이름에서 따온 거라고 생각하면… 아니, 아무리 그래도 그렇지.

무엇보다도 가장 묘한 것은 내가 가명을 쓴 것에 불신을 느끼지 않는다는 점이었다.

에로 게이머 키리노의 방식대로 말하자면 왠지 모르게 나는… 그 녀에게 처음부터 호감도가 상당히 높았다.

마치 치트 키를 쓰기라도 하는 것처럼. 혹은 강력한 최면술에 걸 린 것처럼.

오해할 것 같아 미리 말해두겠는데 미인이란 이유만으로 이렇게 되지는 않는다고.

여동생을 보고 익숙해져 있으니까.

한참 고민에 빠져 있는데 쿠로네코가 약간 강한 어조로 말했다.

"마키시마 하루카…. 만약 정 갈 데가 없으면 우리가 머무르는 민박으로 와. 대중탕 옆에 있는 '미우라장'이야. 굴뚝을 표식 삼아 둘러보면 쉽게 찾을 수 있을 거야. …그러니까 돈이 없다고 노숙을 할 생각은 하지 마."

"그건 안 할 거거든! 내가 그렇게 야생마처럼 보여?"

"응."

"으에에… 그렇구나… 하지만 고마워. …저기… 고코우… 라고 부르면 돼?"

그 질문에 쿠로네코는 잠시 생각하다 씨익 웃었다.

"쿠로네코라고 불러줘."

"그건….."

"닉네임… 아니… '영혼의 이름'이야."

처음 보는 상대가 중2병을 작렬시키고 있는 걸 보고 하루카는 아마 질색했을 거다.

그런 줄 알았는데.

"…알았어. 쿠로네코."

키득키득 웃는 그녀는 왠지 모르게 즐거워하는 것 같았다. 그러고서 나를 쳐다보았다.

"넌?"

"코우사카 쿄우스케."

"응."

생긋… 마치 신작 게임을 앞에 둔 키리노 같은 얼굴로,

"잘 부탁해, 쿄우스케."

하루카는 나를 그렇게 불렀다.

쿠로네코와 있을 때처럼 심장이 두근거리진 않았지만.

가슴이 따뜻해지고 행복해지는 미소였다.

그 모습은 여동생과 비슷했다.

밤의 신사를 촬영한 우리는 하루카와 헤어져 '미우라장'으로 돌아왔다.

재빨리 준비하고 뒤쪽에 자리한 대중탕으로 가는데 현관에서 쿠로네코와 마주쳤다.

"여어."

한 손을 들어 인사하자 그녀는 고개를 숙여 답한 뒤 내 옆에 섰다.

나도, 쿠로네코도 갈아입을 옷 등을 담은 바구니를 들고 있었다.

목적지가 같으니까. 우리는 암묵적으로 나란히 걸어갔다.

"선배, 역시… 아까부터 시간 흐름이 느리게 느껴져."

"아아, 부장이랑 다른 애들이 목욕 갔다 돌아오지 않았더라."

솔직히 저녁 식사 시간에 늦는 게 아닐까 걱정했는데 기우였다.

이렇게 목욕할 여유까지 있을 정도니까.

"참 신기한 일도 다 있어."

착각이라고 하기에는 두 사람 모두 그렇게 느끼고 있었다.

조금 가니 목적지가 보였다. 여기도 '미우라장'처럼 고풍스러운 풍취가 진하게 남은 건물이었다.

좋았던 옛 시절의, 굴뚝이 달린 '대중탕'이란 느낌이다.

입구의 발을 넘어가자 신발장이 있었고, 거기에서 신발을 슬리퍼로 갈아 신었다.

목욕료를 지불하는 접수대 옆이 로비였는데, 브라운관 TV와 선

풍기, 탁구대, 낡은 메달 게임기, 자판기 등이 설치되어 있었다.

작은 휴식처 같은 모습이다.

부장과 마카베, 아카기 남매가 그곳에서 몸을 식히고 있었다.

다른 부원들은 목욕을 마치고 나왔는데도 탁구대에서 진지한 승부를 펼치거나 오래된 가위바위보 게임기에 열중하고 있었다.

전력을 다해 합숙의 밤을 즐기고 있는 것 같았다.

안 내면 술래, 가위바위보! 가위바위보!

그런 반쯤 흥분한 걸로 느껴지는 목소리를 들으며 입장료를 내는데 유카타를 입은 아카기가 나를 보고 말을 걸어왔다.

"오, 왔구나, 코우사카."

"루리, 여기야!"

과일 우유를 한 손에 들고서 기분 좋아 보이는 세나.

그녀는 안경을 벗고 있었는데, 목욕을 마치고 유카타를 입은 모습이 굉장히 요염했다.

코우헤이 오빠의 눈이 무서워서 재빨리 세나에게서 눈을 돌렸다.

그러자 부장과 눈이 마주쳤다. 이 사람도 유카타가 신기하게 잘 어울렸다.

그는 얼굴에 부채질을 하며 나를 보고 씩 웃으면서 물었다.

"어땠어?"

"성과 있었어요. 좋은 사진 찍은 것 같은데. 나중에 보여줄게요."

"오, 그래! 그거 잘된 일이긴 한데…… 다른 하나는 어떻게 됐는데?"

"다른 하나요?"

"…아아, 이미 알 것 같다."

뭔가를 깨달은 것처럼 말을 자르는 부장.

한편 쿠로네코도 세나에게 잡혀 다시 귓속말 대화를 주고받고 있었다.

"우후후, 루리, 여기 목욕탕은 있지…."

"어…."

"그래서… 부장한테서 들은 건데, 지금…."

"그, 그래서 뭐 어쩌라고."

"히히, 다 알면서~. 좋은 분위기를 잡을 수 있지 않을까…."

"몰라. …맘대로 떠들라지."

쿠로네코는 고개를 휙 돌리더니 나를 슬쩍 쳐다보았다.

"……."

말없이 몇 초 동안 응시하더니 재빨리 여탕으로 들어가버린다.

툭, 부장이 등을 떠밀었다.

"어서 갔다 와. 곧 식사 시간이다."

"네…."

나는 남탕의 발을 넘어 탈의실에 들어섰다.

욕탕에서 머리와 몸을 씻고 샤워로 여행의 피로와 때를 씻어낸다.

그런 다음 만반의 준비를 마친 상태로 향한 곳은 노천탕이었다.

"오오… 꽤 본격적인걸."

솔직히 놀랐다. 대중탕의 겉모습을 봐선 노천탕이 있을 것 같아 보이지 않는데.

뭐, 굴뚝이 있었으니 온천은 아니겠지만.

평범한 탕이 따로 있고 노천탕 자체는 그렇게 넓진 않았지만.

나한송이 심어진 정원에 덩그러니 자리한 탕은 묘하게 멋져 보였다.

내심 우와후 하고 환성을 지르며 탕에 들어섰다.

어깨까지 몸을 담그고서 열기를 피부로 즐기고 있는데….

"…선배… 거기 있어?"

"어?!"

뜨거운 물에 들어가 있는데 심장이 멈추는 줄 알았다.

여탕에 있어야 할 쿠로네코의 목소리가 내 뒤, 울타리 너머에서 들려왔기 때문이었다.

…아무래도 남탕과 여탕의 노천탕은 꾕장히 위치가 가까운가 보다.

그러니까 이 얇은 울타리 너머에… 실오라기 하나 걸치지 않은 쿠로네코가….

소리가 난 쪽을 돌아보다가 꿀꺽 침을 삼키고 말았다.

이… 망할 시골아! 방범 의식이 너무 낮은 거 아닙니까?!

아니, 그리고 쿠로네코도 그래! 나 혼자만 있는 게 아니었으면 어쩌려고 했어!

한바탕 대혼란에 빠졌던 나는 겨우겨우 냉정을 가장해 대답했다.

"어, 어… 있어."

"…그, 그래. 세나가 지금은 남탕에 선배밖에 없다고… 그래서……."

"아… 그, 그랬구나."

아까 비밀 이야기를 한 게 그거였구나.

혼자 납득하고 있는데 쿠로네코가 머뭇거리며 말을 꺼냈다.

"저기… 조금만 더 이대로, 있는 건… 어때…?"

"괜찮아. 온천 여행 온 것 같아서 즐겁고. 뭔가 이득 본 기분이네."

"응."

말로는 안 했지만.

울타리 너머 여탕에 있는 후배와 대화를 하는 것… 도 그렇고.

굉장히 청춘 같잖아, 이런 생각이 든다.

울타리 너머에서 작은 물소리가 들릴 때마다 심장이 터질 것 같다.

나는 머릿속을 잠식하는 흐릿한 구름을 지우듯이 애써 냉정하게 말했다.

"그럼, 아, 뭐, 이야기라도 해볼까?"

"아까… 하루카 말인데."

오, 그 화제 말이구나. 쿠로네코가 처음 보는 상대의 이야기를 하고 싶어 하다니, 역시 신기한 일이야.

나는 마키시마 하루카라고 소개한 하얀 소녀의 모습을 뇌리에 그려보았다.

"아아… 신기한 아이였지. 솔직히 굉장히 수상하긴 하지만 나쁜 아이는 아닌 것 같았어."

"응."

"야, 어떻게 된 거냐?"

"…뭐가?"

"너, 걔한테 굉장히 친절하던데. 그게 신기하더라고."

"…아아… 그건…."

말이 이어지기까지는 한참 시간이 걸렸다.

"…이름이… 똑같아서."

"이름? 어… 걔 이름이 네가 아는 사람하고 똑같아서…?"

"아니… 내가 지금부터 쓰려고 생각 중인 노벨 게임의 여주인공하고."

바로 대답할 수가 없었다. 너무나 허를 찌른 답이었으니까.

"그거…."

"물론 아무한테도 말 안 했어. '마키시마 하루카'는 내 머릿속에만 있던 설정이야."

"……."

"…신기하지?"

그게 사실이라면. 아니, 사실이겠지.

쿠로네코는 중증 중2병 환자지만 이런 식의 거짓말은 안 한다.

자신에게 어둠의 힘이 있다는 말도 하고 세나를 '마안술사'라는 바라지 않는 별명으로 부르기도 하지만.

눈에 띄고 싶어 하는 관심종자 같은 소리는 안 한다. 뭐가 어떻게 다르냐고 묻는다면 잘 대답할 자신은 없지만. 아무튼 이건 거짓말이 아니다.

그렇다면….

"우연… 인가?"

"상식적으로 생각하면 그렇겠지. 나와 비슷한 발상으로 가명을 썼다. 이게 제일 납득이 가는 설명이야. '이누마키지마'에서 '마키시마'. '하루카'는… 뭐, 흔한 이름이니까 쓸 수 있긴… 하지만."

"결국 납득은 못 하고 있구나."

"…그래. 내 여주인공과 같은 이름을 가진 아이가 하필이면 '하늘에서 내려왔다'고. 내가 생각하던 등장 신과 똑같이… 그때에는 쌀쌀맞게 대했지만… 사실 굉장히 신경이 쓰였어."

"당연하겠지."

지금 이야기를 듣고 나니 그렇게 될 수밖에 없을 거란 말밖에 안 나왔다.

"정말로 신기한 일이 일어나고 있을지도 모르겠다는 생각이 들겠지."

중2병이 아니더라도.

"응… 그리고…."

"그리고?"

"그 아이가 곤란에 처한 걸 알고서… 내버려둘 수 없단 생각이 들었어. 표현은 잘 못 하겠지만. 그… 뭐랄까… 닮아서, 그런, 지도."

"닮아? 그건…."

나는 키리노의 얼굴을 떠올렸다. 하지만 쿠로네코가 꺼낸 건 다른 이름이었다.

"…히나타… 내 동생을 조금 닮았어."

"헤에."

히나타라면 요전에 통화로 잠깐 대화를 나눴던… 그 아이 말이구나.

"얼굴은 별로 안 닮았고 나이도 좀 차이가 나긴 하지만. …생긴

게 아니라 성격… 이랄까, 느껴지는 인상이 묘하게….”

듣고 보니 쾌활한 모습이 공통된 것 같기도 하다.

“난… 키리노를 닮았다고 생각했어.”

“아아… 예쁜 아이였지. 키리노 못잖게.”

“아니, 그건 좀 말이 심하지만. 뭐, 듣고 보니 얼굴도 조금 닮은 것… 같기도 하네?”

“…넌 진짜… 이런 걸 타고났다고 하는 거겠지.”

“응?”

“…아니, 아무것도 아니야. 그래서?”

“그러니까 하루카의 내면이 키리노 같다고 느꼈단 말이지. 성격 자체는 전혀 다르지만, 나도 왠지 모르게… 그냥 그렇게 느꼈어. 설명은 잘 못 하겠지만.”

“알겠어. 아아… 그래서 말을 하기 쉬웠구나. 조금은 이해가 된다.”

인정하고 싶진 않지만. 정말로 쿠로네코와 단둘이 있는 지금이기 때문에 잠깐만 인정하는 거긴 하지만.

나도, 쿠로네코도 어쩌면 키리노가 없어져서….

외로웠는지도 모르겠다.

처음 보는 낯선 소녀. 처음 만난 상대에게서 키리노의 모습을 보다니.

그 자식, 지금 뭐 하고 살고 있을까.

그대로 한참 동안 둘이서 대화를 주고받다 보면 어느새 바로 키리노의 화제로 넘어가곤 했다.

…어쩔 수 없잖아. 공통된… 끝이 없는 화제니까.

마침내….

"그만 나갈게. 열이 오르네."

"하하, 요기 방어막은 어쨌어?"

"훗… 신성한 영역에서는 효과가 약해지거든."

"네, 네. 그럼 나도 나가볼까."

"…로비에서 만나."

탕에서 헤어진다.

목욕을 마친 후의 과정은 남자가 훨씬 빠르다. 내가 로비에 도착하니 쿠로네코는 보이지 않았다.

자판기에서 과일 우유를 사서 몸을 식히며 기다리기로 했다.

마침 한 병을 다 마셨을 무렵….

"…기다렸지."

유카타 차림의 쿠로네코가 여탕의 발을 넘기며 나타났다.

"…어, 어."

대답과 경탄이 뒤섞인 목소리가 튀어나왔다.

목욕을 마친 여성은 왜 이렇게 요염해 보이는 걸까.

붉게 달아오른 피부에서 피어오르는 김이 매료의 오라처럼 느껴진다.

"과일 우유 괜찮아?"

"응, 고마워."

나는 평정을 가장하며 마실 것을 건네주고 나란히 몸을 식혔다.

"…식사 시간에 늦겠는데?"

"아직 괜찮아. 저기 봐."

나는 편안한 자세로 벽시계를 가리켰다.

"조금만 더 쉬다 가자."

이 섬에 도착한 뒤로….

신기하게 시간 흐름이 느리게 느껴진다.

기묘한 현상에 조금 으스스한 기분도 들긴 했지만.

"할 수 없지… 그럼 가볍게 에어 하키라도 어때?"

"오, 괜찮겠어? 나 잘하는데?"

"어머… 후후후… 네가 게임에서 날 이기겠다고?"

"좋았어, 승부다! 덤벼봐!"

마음이 바뀌었다.

지금 이 순간만큼은 얼마든지 느려져도 상관없어.

그렇게 해서.

게임 연구회의 합숙 첫날이 마침내 끝났다.

마치 어린 시절처럼, 초등학생 때의 여름방학처럼 길고 느릿한 하루였다.

섬을 무대로 한 비일상은 앞으로 6일.

나는 이불 속에서 편안히 눈을 감았다….

■Nae yeodongsaengi
irerke guiyeoul riga
upser ⑮
kuroneko if

제 3 장

…. 아침이야, 일어나.

꿈결에 소녀의 목소리가 들렸다.

멍해서 그런지 여동생인 것 같기도 하고, 후배인 것 같기도 하고 ~ 같기도 한 목소리.

신기한 음색은 조금씩 윤곽을 바꿔가더니….

"쿄우스케! 아침이야~~! 일어나앗…!"

나를 각성으로 인도했다.

"우왓!"

귓가에 대고 지른 고함에 나는 번쩍 눈을 떴다. 몸이 움찔 튀어오를 정도였다.

"좋~~아! 일어났군…! 아침밥 다 됐어!"

"너, 너…."

잠에 취한 줄 알았다. 의외의 미소가 그곳에 있어서였다.

"헤헤, 잘 잤어! 쿄우스케♪"

마키시마 하루카. 신사에서 만난 소녀다.

어제와는 정반대로 티셔츠 차림인 그녀는 이른 아침에 걸맞은 쾌활한 매력을 발산하고 있었다.

"놀랐어?! 헤헷… 나도 여기에 묵기로 했어. 쿠로네코가 여기 가르쳐줬잖아."

"아, 응… 그래… 그래서…."

"아차차, 오해하기 전에 말해두겠는데 숙박비는 제대로 냈다고!"

진짜냐. 항복하고 쿠로네코에게 울며 매달렸을 줄 알았는데.

"그럼… 투구벌레… 였나? 잡았어?"

"원하던 대로 희귀한 애로! 헤헷, 굉장하지!"

"굉장하달까… 씩씩하네."

그 뒤로 잡아서 순조롭게 돈으로 바꿔서… 숙박 수속을 했다⋯⋯는 말이겠지?

내가 막 깨어난 상태가 아니었다면 조금 더 이 이야기를 이상하게 여겼을지도 모르겠다.

"아니, 뭐, 환경이 좋았던 거지! 펫숍 언니도 그렇고, 이 민박집 주인 할머니도 그렇고 말이 잘 통하는 사람이라 정말 다행이었지 뭐야! 물론 아직 돈이 더 필요하지만 말이야!"

어제는 말을 흐렸고, 그녀의 사정에 대해 나는 거의 아는 바가 없지만.

하루카는 여행지에서 무일푼이 되어 정말로 난처해하고 있는 것 같았다.

그런데 신사에서 헤어진 뒤에 내가 목욕을 하고 잠든 동안 이 정도로 상황을 회복시키다니.

아마 나보다 어릴 텐데 대단한 생활력이다.

에너지가 넘쳐나고 있었다.

"그러니까 여러 사정으로 쿠로네코네랑 같은 방에 머무르고 있습니다⋯. ⋯잠깐 동안이지만 잘 부탁해."

날렵하게 한쪽 눈을 감아 윙크를 날린다.

어제부터 '여러 사정'이 많은 녀석이구나.

"걔네가 괜찮다고 했으면 내가 뭐라 할 거 없지. 나야말로 잘 부탁한다."

"웅! 그러니까 옷 갈아입고 식당으로 와. ⋯이 행복한 인간아♪"

"? 어…."

의미심장한 말을 남기고서 하루카는 남자들 방에서 나갔다.

그런데… 완전히 잠이 깨버렸네. 나 원래 아침에 약한 편인데.

뭐, 밤중에 따귀 맞고 깨는 것보다야 낫잖아.

이불 밖으로 나오자 지금의 대화를 들었는지 남자들이 우르르 몰려와서,

"지금 걔 누구야? 바람피우는 건 좋지 않아, 코우사카" 같은 취조를 해댔다.

바람이라니 무슨 소리야.

나는 누구하고도 사귄 적 없고, 하루카는 전혀 연애 대상이 아니고, 그런 거 아니라니까.

대충 그런 변명을 했다.

옷을 갈아입고 세수를 한 다음 다른 부원들과 함께 식당으로 갔다.

여기도 다다미가 깔린 방으로, 부원들이 모두 둘러앉을 수 있을 만한 크기의 나무 탁자가 떡하니 자리해 있었다.

어제 슬쩍 구경하긴 했는데 본격적인 부엌과 인접해 있었다.

70~80년대 민박 같은데 조리 기구만큼은 새 것이었다.

민박 주인, 즉 부장의 할아버지 취미인 것 같았다.

어젯밤 저녁 식사 시간에 본인이 말해줬으니까.

바다 근처에 가게를 열어 갓 잡은 생선을 맛있게 요리해 숙박객들에게 제공한다….

그게 자신의 즐거움이다, 이렇게 말하며 프로레슬러 같은 덩치 좋은 할아버지는 호쾌하게 웃었었지.

그런 그의 마음이 담긴 식당에 들어서자.

"여, 안녕."

"잘 잤어, 선배."

"안녕히 주무셨습니다! 코우사카 선배!"

남자 부원을 맞이한 건 소매 달린 앞치마를 입은 여자 부원들이었다.

척척 상을 차리고 있었다.

고기감자조림, 생선구이, 호박 조림, 시금치 무침 등등, 아침부터 호화로운 상차림이다.

"뭐야, 꼭 가정 실습 하는 것 같네."

부장이 재미있다는 듯이 묻자 세나가 대답했다.

"우리, 아침 차리는 거 도왔어요! 솔직히 사장님이 너무 프로 요리사라 주제 넘는 짓일까 싶었지만 부탁을 드렸거든요. 아니… 그, 이해하죠?"

그러면서 윙크를 날리는 세나.

음, 모르겠다.

쿠로네코가 후다닥, 도망치듯 부엌으로 숨어버린다.

세나는 그 모습을 싱글싱글 웃으며 바라보고 있었다.

"아항, 그렇구나."

부장이 쓴웃음을 지으며 말하더니 나를 쳐다보았다.

"야, 코우사카! 잘됐네! 오늘 아침은 여자 부원들이 만들었대!"

"그런 것 같네요. 쿠로네… 고코우는 뭘 만들었지?"

"잘 물어보셨습니다, 코우사카 선배! 이… 생선구이와 호박 조림과 고기감자조림이 바로 그것입니다! 꼭 먹어주세요!"

"어, 지금 나온 거 거의 다잖아. 진짜? 프로가 만든 줄 알았는데
…."

빈말이 아닌 진심이다.

그러자 세나가 짝 하고 손뼉을 쳤다.

"그렇다니까요! 루리는 의외로 요리를 잘하지 뭐예요! 우린 거의
나설 자리도 없었어요!"

"…'의외로'는 빼줘, 세나. 너희 눈엔 내가 어떻게 보였던 거니?"

쿠로네코가 장갑을 끼고서 냄비를 들고 나왔다.

야… 아침부터 반찬이 너무 많은 거 아냐? 연회냐?

"아니, 평소의 루리를 보면 마술적인 의식으로 크래프트한 걸 '요
리'라고 주장할 것 같은 느낌 아닌가? 연금 솥에서 힐링 어쩌고 같
은 아이템을 꺼내며 '큭큭큭… 완성했다'라고 할 느낌이라고."

무례한 말이지만 동감이다. 쿠로네코의 아틀리에어쩌고저쩌고
같은 게 나올 것 같아.

음침한 결정적 대사 때문에 다크 판타지 느낌이 나네.

"세나는 뭐 만들었어?"

아카기가 들뜬 목소리로 묻는다. 그러자 세나는 생긋 웃으며 말
했다.

"루리를 응원하고 상 차리는 거 도왔어."

"기특하네."

이 남자… 동생에게 너무 무른 거 아냐.

그런 우리의 모습을,

"…후훗… 좋구나."

하루카가 흐뭇하다는 듯 지켜보고 있었다.

그녀는 이미 혼자 먼저 식탁에 자리를 잡고 있었는데, 냄비 앞 일 등석에서 임전 태세였다.

많이 먹을 거란 의욕이 충만한 모습이다. 거의 무일푼일 그녀 입 장에서 보자면 합리적이긴 하다.

마침내 모두 자리에 앉았고….

"""잘 먹겠습니다!"""

아침 식사가 시작되었다. 나는 제일 먼저 쿠로네코가 만들었다는 조림으로 젓가락을 뻗어 한입 먹었다.

"맛있어!"

"그래, 그럼 다행이고."

안도하며 가슴을 쓸어내리는 쿠로네코.

"아니, 진짜 맛있어. 이거 먹고 나면 집에서 밥 못 먹겠는데."

조금만 먹어봐도 알 수 있었다. 요리 실력에서 우리 엄마는 쿠로 네코의 발끝에도 못 미친다고.

덥석덥석 먹는 나를 보고 그녀는 수줍게 말했다.

"과장이 심하네. …재료가 좋았고, 생각보다 잘 만들어졌을 뿐이 야."

"과장이긴. 너, 요리 잘하는구나."

"…조용히 먹어."

너무 부끄러워서 고개를 숙여버린다. 하여간 칭찬에 약한 녀석이 라니까.

다른 부원들도 입을 모아 요리를 칭송해대는 바람에 쭉 부끄러워 하게 되었다.

요리도 잘하고 가정적이라니.

몰랐어. 쿠로네코… 고코우 루리에겐 이런 면이 있었구나.

아침부터 그녀의 새로운 모습을 볼 수 있었다.

"으으… 맛있어… 맛있어… 흐윽, 눈물 나온다…!"

나 못지않게 하루카도 기세 좋게 밥을 흡입하고 있었다.

어쩌면 식사를 못 해서 배가 고픈지도 모르겠다.

많이 먹어라 하고 훈훈한 기분이 들었다.

그런데… 정말… 청초한 외모와 달리 와일드한 애구나.

남자 부원들이 멍하니 쳐다보고 있잖아.

"그, 그러고 보니…."

마카베가 시선을 하루카에게서 떼며 화제를 돌렸다.

"혹시 모르니까 합숙 예정에 대해 다시 복습을 해볼까요."

모두의 동의를 얻은 그는 온화한 목소리로 입을 열었다.

"먼저 우리의 현 상황과 합숙 목적에 대해서입니다. 우리의 새 기획인 '여름의 섬을 무대로 한 걸게임(가칭)' 말인데요… 게임 시스템은 전에 만든 걸 재사용한 것도 있어 거의 완성됐어요. 조정과 마무리는 주로 아카기 씨가 맡아줄 겁니다. BGM은 프리 소재를 주로 사용하고… 일러스트는 담당인 이노우에 선배가 일시 복귀해주셔서 그쪽에 맡기기로 하고. 여름방학이 끝나면 장소 헌팅에서 찍은 사진을 가지고 배경 일러스트를 그려주신다고 했어요."

나만 믿어, 이렇게 말하며 일러스트 담당인 여자 부원 이노우에가 한 손을 들었다.

그녀 말에 따르면, 걸게임 디자인에 대해선 시나리오가 완성된 다음에 들어갈 거라고 한다.

"시나리오는 이미 플롯… 이야기의 간단 설계도인데요… 완성됐습니다. 여러분의 승인도 받았으니 이제 쓰기만 하면 돼요."

"합숙에서의 취재를 반영해서… 개학 때가 시나리오 마감일이다."

이렇게 말하는 부장.

네 하고 마카베&쿠로네코가 대답했다.

"제가 공통 파트 및 메인 여주인공의 시나리오를, 남은 세 캐릭터의 시나리오를 고코우 씨가 담당할 거예요. 여기까지 상황 정리고, 이제부터가 본 주제인데… 이 합숙에서 하고 싶은 건 두 가지입니다."

그는 손가락을 하나 세웠다.

"게임에서 쓸 수 있을 만한 배경 자료를 촬영하는 것."

다시 손가락을 하나 더 세운다.

"'섬의 전설'을 조사해 소재를 모아 작품 설정을 보강하는 것."

"'섬의 전설'?"

'어제는 안 나왔던 화제'에 대해 내가 묻자 부장이 마카베를 대신해 답해주었다.

"마카베와 고코우 모두 걸게임에 '불가사의 요소'를 넣고 싶대. 그리고 리얼리티를 살리기 위해 실제 오컬트나 민간 전설을 조사하고 싶다더라고. 그럼 합숙할 이 섬에 그런 게 많다고 말했지."

"'천녀 전설'이 있다고 그랬지."

"응, 흔히들 아는 그 '날개옷 이야기'하고는 다른 거야. 걸게임 여주인공의 설정에 쓰면 재미있을걸. 좀 뻔하지만."

아아… 그래서 쿠로네코는 여주인공의 등장 신을 '하늘에서 내려온다'로 하려고 했던 거구나. 작품에 '천녀 전설'을 모티프로 한 설정을 넣는다면 매우 타당한 이야기다.

"플롯에 쓴 것처럼 이번 시나리오는 오컬트 연구회가 섬에 합숙하러 간다는 이야기니까요. 이후의 이야기는 합숙에서의 체험을 살려 쓰겠습니다. 각 시나리오에 하나씩 다른 해석의 '천녀 전설'을 소재로 넣는다는 게 현재 생각해둔 바인데, 뭐, 그건 나중에… 상황을 봐가면서 진행하게 되겠죠."

"소재가 겹칠 거 같으니까 합숙 후반에 회의를 할 필요가 있겠네."

이렇게 말하는 쿠로네코.

"합숙의 소재 수집이라면 확실하게 놀 필요도 있죠!"

세나가 씩씩하게 주장했다.

"기왕에 온 거, 바다에서 수영도 해요! 그것도 엄연한 소재 찾기 작업이라고요!"

반은 놀 구실이겠지만, 아무도 안 된다는 말은 하지 않았다.

당연하지. 나도, 다른 사람들도 모두 놀고 싶다. 수영복 입은 여자 보고 싶다.

"그래, 열심히 놀고 열심히 취재하자. 완급 조절 잘하면서 가보자."

부장이 마무리 멘트를 하며 대화의 궤도를 수정했다.

"그러니까… 이 합숙에서는 '섬의 전설'에 대해 철저하게 취재하고, 열심히 놀고, 즐거운 추억을 만든다! 알았지!"

네…! 대답하며 부원들이 신바람을 냈다.

"좋았어, 그럼 오늘 예정이다! '섬의 전설'을 조사하는 팀과 축제 준비를 돕는 팀으로 나뉘어 각자 맡은 일을 하자. 각 팀은…."

부장이 팀을 발표했다.

나와 쿠로네코는 '섬의 전설'을 조사하는 팀. 좋은 장소가 있으면 촬영도 한다.

참고로 '모두 같이 바다에 가서 놀자'는 내일 이후에 하기로 했다.

"전설에 대해선 나도 잘 모르니까 할머니한테 물어봐. 그리고… 응, 아마 향토자료관이 있었을 거야."

"가보자, 선배."

"응!"

하하, 왠지 전기(傳奇) 소설 같은 전개네.

모험심이 자극받는다.

실제로는 지루한 일이 될 테지만 쿠로네코와 함께하는 것만으로도 가슴이 설렜다.

그렇게… 우리 게임 연구회의 '오늘 일정'이 정리됐을 때였다.

"쿄우스케, 쿠로네코."

밥그릇을 비운 하루카가 진지한 얼굴로 우리를 불렀다.

"왜? 밥 더 줘?"

"응! 아아… 배가 고파서… 아니, 이게 아니라! 물론 밥은 더 먹고 싶지만 그게 다가 아니라! …'섬의 전설'에 대해 조사할 거지? 그러면 오후부터 나도 합류해도 돼? 오전에는 알바가 있어서 그 이후에야 가능하겠지만."

"? 이유를 물어봐도 될까?"

"사정이 있어서 나도 '섬의 전설'을 조사하고 있어. …정보 교환하자."

아침 식사 후.

나는 쿠로네코와 함께 '미우라장' 마당에서 빨래를 널고 있었다.

"정말 고맙구나. 손님에게 이런 일을 시켜서 미안하네."

"아뇨, 별것도 아닌데요…."

주인 할머니에게 겸손하게 대답하며 능숙하게 빨래를 너는 쿠로네코.

그녀는 쨍하게 쏟아지는 아침 햇살 아래에서 새하얀 피부를 빛내며 활기차게 일하고 있었다.

이렇게 젊고 나보다 어린데 이 엄마 같은 분위기는 뭘까.

그리고 보니 쿠로네코의 동생인 히나타가 '언니가 집안일을 한다'고 했었지. 쿠로네코는 주부가 하는 일에 익숙한지도 모르겠군.

자, 그럼.

왜 우리가 이런 상황이 되었는가에 대해 설명하자면, 이야기는 단순하다. 부장의 권유에 따라 할머니에게서 이야기를 들으려고 했기 때문이다. 할머니를 찾았더니 빨래를 하고 계신 것 같아 이렇게 돕고 있는 것이다.

나는 빨래 바구니를 쿠로네코 옆으로 가져가 할머니에게 말했다.

"사실은 여쭤보고 싶은 게 있어서요…."

"내가 아는 거라면 뭐든지 물어보렴."

할머니가 흔쾌히 허락해주셔서 바로 '섬의 전설'에 대해 물어보기로 했다.

그러자 그녀는 가볍게 말했다.

"아아, 그거, '히텐 님'을 말하는 거네."

"그 '히텐'이란 건 뭔가요?"

어제 안내판에 적혀 있던 이름하고 같은 건가.

그녀는 손가락으로 허공에 글자를 쓰며 말했다.

"'날다'는 뜻의 '히(飛)', 천도님의 '텐(天)'[주1]."

"아하, '비천'이구나."

비천(飛天).

만화에 나오는 도검술로 익숙한 단어인데….

"천녀님을 그렇게 불러."

쿠로네코가 가르쳐주었다.

"유래에 대해선 여러 설이 있지만… 일본에서는 대개 '날개 없이 날개옷을 입고서 하늘을 나는 여성'이라는 모습으로 그려지지."

"헤에."

이런 건 진짜 잘 안다니까.

주인 할머니는 '정답'이라는 듯이 웃으며 고개를 끄덕였다.

"이 섬에서는 오래전에… 검은 날개옷을 두른 아름다운 '히텐 님'이 산에 내려와서 지혜를 내려주셨다는 전설이 있단다. 지금도 여름이 되면 '히텐 님'께 감사의 마음을 담아 '이누마키 신사'에서 축제를 열지."

지금 다른 사람들이 돕고 있는 축제를 말하는 거겠지.

'히텐 축제'라고 부르는 것 같았다.

"혹시 어제 우리가 간 신사가."

"천녀를 모신 것 같네."

쿠로네코가 내 말을 받았다. 그녀는 문득 깨달았다는 듯이 이렇게 물었다.

"아, 아니, 잠깐만. 어제 우리가 간 신사 이름은 '히텐 신사'였다

주1) 날 비(飛)의 일본어 음독 발음이 '히', 하늘 천(天)의 음독 발음이 '텐'이다.

고… 신사가 두 개가 있다는 말인가?"

쿠로네코의 질문에 주인 할머니는 의아하다는 표정을 지었다.

섬에 있는 신사는 '이누마키 신사' 하나로, '히텐 신사'라는 건 들어본 적도 없다는 것이다. 나와 쿠로네코는 잠시 서로를 쳐다보았지만 결론은 내리지 못했다.

이 섬에는 '이누마키 신사'밖에 없다고?

…아니, 이게 어떻게 된 일이지.

으으음… 우리나 주인 할머니 둘 중 하나가 착각을 하고 있는지도 모르지.

안내 간판이 잘못되었거나.

결국 지금은 보류하기로 하고 쿠로네코가 다른 질문을 던졌다.

"그… '히텐 님'이 내려주신 '지혜'는 뭔가요?"

"섬에 물이 부족해졌을 때 마을 사람을 설득해 인신 공양을 막고 물을 받아두는 연못을 많이 만들었다지, 아마."

"설득? '아모로우나구(주2)'처럼… 신통력으로 비를 내린 게 아니라?"

"옛날이야기에 따르면 그런 힘은 없었다는 것 같던데."

"…신의 사자치고는 수수하네."

아, 말해버렸다.

그러자 할머니가 폭소하셨다.

"아마 사실은 신의 사자는 아니었겠지. 그저 어디선가 굉장히 현명한 분이 찾아오셨던 걸 게야."

"그걸 섬사람들이 천녀로 숭상한 거고요."

할머니는 고개를 끄덕였다.

주2) 아모로우나구: 일본 카고시마현 아마미오오시마에 전해 내려오는 천녀 이야기.

"이 섬에 비가 내리지 않는 건 주위에 산이 많아 비구름이 닿질 않아서 그렇다, 아무리 기도를 해도 소용없고 연못을 더럽히는 것도, 인신 공양을 하는 것도 헛수고다. 신불에 기대지 않고 자력으로 비축해야 한다, 촌장을 짓밟고 대충 그런 말을 하셨다고 하더구나."

"…확실히 신의 사자가 보일 언행은 아니긴 하네."

짓밟고 명령하다니, 히텐 님은 굉장히 무서운 천녀구나.

설득도 물리적인 게 아니었을까 하는 의심을 하게 된다.

이런, 날개옷을 두른 키리노의 이미지가 되어버렸네.

"이 전설에 모델이 된 실화가 있었다고 치고… '천녀'란 건 어디까지나 암시적인 비유고… 당시 섬에 찾아온 것은… 다른… 무력을 가진 집단… 이라든가. 아니, 낭만 없는 추론을 하기엔 아직 일러. 조금 더 조사해보자."

"아아, 그래."

쿠로네코는….

"'천녀 전설'에는 사신과 음마에 가까운 형태로 전해지는 게 있다고'라든가.

'산에 내려왔다'는 표현이 마음에 걸려, 라든가.

'우주인이었던 건 아닐까' 같은 말을 중얼중얼 했다.

즐거운 표정이었다. 그렇게 이런저런 생각을 하며 이야기를 만들고 있는 거겠지.

신기한 일을 진심으로 좋아하는 거야.

모두 힘을 모아 걸게임을 만든다. 그건 쿠로네코가 좋아하는 일은 아닐지도 모르지만.

이렇게 좋아하는 것이 섞인다면 즐거운 제작이 될지도 모르겠다.

그렇게 되길 바랄 뿐이다.

"…'히텐 님'은 그 후에… 이 땅에 머무르셨나요?"

쿠로네코의 질문에.

"산에서 하늘로 돌아가셨다는데."

"…'하늘'로 '돌아갔다'… 훗… 역시… 내 가설이 진실성을 띠기 시작한 것 같군."

아무래도… 쿠로네코의 생각은 '히텐 님'=우주인설로 기울고 있는 것 같았다.

빨래를 다 널고난 우리는 할머니에게 인사를 하고서 '미우라장'을 출발했다.

목적지는 부장에게서 들은 향토자료관.

하지만 그곳으로 직행하는 게 아니라 관광 겸 마을을 둘러보며 간다.

쿠로네코는 익숙한 고딕 롤리타 패션으로 갈아입고 있었다. 일정이 일주일쯤 되면 여행 내내 같은 옷을 입을 수는 없으니까. 익숙한 모습은 여행이라는 비일상 속의 일상이다.

"어제 입은 원피스도 참 좋았지만 역시 쿠로네코 하면 이 옷이지."

"…훗… 그렇지."

익숙한 옷으로 갈아입은 쿠로네코는 평소의 분위기로 돌아온 것 같다.

나도 남 말 할 처지는 못 되지만, 어제는 좀 긴장했던 것 같고.

그늘에서 지도를 펼치고서 둘이 함께 살펴본다.

사진을 찍고 싶은 곳은….

"상점가, 항구, 해안, 등대, 자료관이랑 관청… 정도인가."

"관청?"

"안에 도서실이 있대. '주인공이 신문기사를 조사하는 신'에 쓸 수 있을 거야. 사진을 찍긴 어렵겠지만 안을 보고 싶어."

"오케이. 하지만 한 번에 다 돌아보긴 어려우니까 거긴 내일 이후에 가자."

"좋아. 그럼 향토자료관으로 가자."

"응. 그리고 중간에 적당히 마을 풍경을 찍어볼까."

그렇게 해서, 구름 한 점 없는 파란 하늘 아래를 둘이 함께 걸어가게 되었다.

들리는 것은 말매미의 울음소리뿐. 차는 한 대도 없었다.

가끔 스쳐 지나가는 건 귀여운 길고양이가 전부다.

사람이 너무 안 보여 섬 주민들이 모두 사라지고 세상에는 우리만 남은 게 아닐까… 하는 망상이 뇌리를 스치기도 했다.

섬에서 합숙한다는 비일상 속에서 점점 쿠로네코의 영향을 받고 있는지도 모르겠군.

싫지는 않았다.

마침내 목적지에 도착했다.

향토자료관은 민가를 개조해 만든 곳인지 '관'이라고 할 만큼 거창한 건물은 아니었다. 활짝 열린 현관문 옆에 가라데 도장 같은 간판이 걸려 있었다.

안으로 들어서자 접수대로 보이는 공간이 있었지만 아무도 없었다.

"…그냥 들어가도 되나?"

"입장료 안내 같은 건 없었으니까 그렇게 하지, 뭐. 만약 아니면 혼난 뒤에 돈 내면 되잖아."

오늘의 쿠로네코는 꽤 적극적이네.

아무래도 할머니에게서 들은 '천녀 전설'이 마음에 들었나 보다.

창작 의욕이 샘솟는… 중인가.

"그럼 가볼까."

관내는 일부러 오래되어 보이게 만들었는지, 아니면 정말로 낡은 건지 판단하기 모호한 모습이었는데, 전체적으로 어두컴컴했다.

접수대에 있던 팸플릿에 따르면 주로 '히텐 축제'에 사용하는 제구가 전시되어 있다고 하는데, 입구 부근에는 보이지 않았다. 더 안쪽에 있나.

안내 간판의 화살표를 따라 관내를 견학했다.

벽면을 따라 유리 케이스가 있고 그 안에 괭이와 낫, 탈곡기 등이 해설문과 함께 놓여 있었다. 농업과 관련된 전시인가 보다. 딱히 관심을 끄는 건 없었다.

더 나아가자 바다에 둘러싸인 섬답게 어업과 관련된 전시가 있었다. 배 모형과 그물 등이었다.

이것도 찾는 물건은 아니다.

"팸플릿에 있었던 건 이쯤인가."

다음 방에는 '히텐 축제'와 관련된 것인지 예스러운 토기와 석기류, 서적 등이 전시되어 있었다. 중앙에 장식된 오래된 가마는 축제에 실제로 쓰인 걸까….

"선배, 이거."

"오."

'천녀 전설'에 대한 해설이 벽 플레이트에 기재되어 있었다.

대충 읽어보니 조금 전에 들은 이야기와 많이 중복되긴 했지만 좀 더 상세한 정보가 적혀 있었다.

전설의 소스인 문서는 이미 소실되어 약 700년 전에 편찬된 다른 서적에 인용으로 '이누마키지마의 천녀 전설'이 적혀 있었다…… 등등.

바로 잊어버릴 것 같은 어려운 내용들이었지만 쿠로네코는 재미있나 보다. 표정으로 알 수 있었다.

"후후, 새로운 프레이즈가 등장했네… '행방불명(주3)'이래."

"어? 그런 말이 적혀 있어?"

"응, 여기 봐."

이런 건 글씨가 작고 문장이 길어서 꼼꼼히 안 보게 된단 말이야.

나는 눈을 가늘게 뜨고서 글자를 따라 읽다가 해당 문장을 발견했다.

그 부분을 뽑으면 다음과 같다.

…'히텐 님'이 하늘로 돌아가신 후에 산에서 사람이 많이 사라졌다.

…섬사람들은 그 현상을 '행방불명'이라고 부르며 두려워했고, 사당을 만들어 '히텐 님'을 모셨다.

…그 후에도 하늘나라로 가는 길이 있다고 생각하는 사람들이 종종 나타나 산으로 들어갔다.

…그들 대부분은 아무것도 찾지 못하고 돌아왔지만, 가끔 돌아오지 않는 사람도 있었다.

주3) 행방불명: 神隠し. 옛날 일본에서는 아이나 사람이 없어지면 신이 데리고 갔다고 했다. 현대에 들어서는 신이 한 짓이라고밖에 설명이 안 되는 불가사의한 실종을 말한다.

…섬사람들은 아이가 산에 들어가지 못하게 동요로 경고했다(이하, 가사가 이어진다).

…전후가 되어 오랜 시간이 흘러 사라진 사당과 같은 장소에 새로운 신사를 세웠다.

…그 무렵부터 '히텐 님'에 대한 감사의 마음을 담아 축제를 열게 되었다.

…이것이 이누마키 신사와 '히텐 축제'의 시작이다.

요약하면 이런 내용이다.

물론 이런 전설이란 건 사실을 바탕으로 한 창작인 경우가 많지만….

"저기… 선배… '행방불명'은 지금도 있을까."

"…………."

나는 바로 대답하지 못하고 입을 다물었다.

들떠 있을 그녀와 함께 재미있어해야 하는 상황이겠지만.

오싹, 한기가 들었다. 토리이를 지났던 그때처럼.

…해가 너무 느리게 지는 거 아냐?
…전혀 어두워지지 않았네.

어쩌면… 지나친 생각일지도 모르지만….

무한한 것처럼 느껴졌던 그 해 질 녘의 시간은….

"같은 걸 연상한 것 같네."

생각의 바다에서 돌아오자 쿠로네코가 나를 들여다보고 있었다.

"그때, 우리는 현세에는 존재할 수 없는 곳으로 사라졌던 걸지도

"… 몰라."

"기분 탓이겠지."

"그럴지도 모르지. 그렇지 않을지도 모르고… 후훗."

"즐거워 보인다."

"응… 만약 내가 괴기 현상을 겪는다면, 이런 상상을 몇 번이나 했는걸."

그게 현실이 됐을지도 모른다면.

흥분되겠네.

"다만 좀 복잡하긴 하지만… 괴기 현상이란 있을 수 없어. 무의식 중에 그렇게 생각하고 있기 때문에 더 즐거운 거야, 이건."

"무슨 말이야?"

"나는 '행방불명'을 당해 돌아갈 수 없는 몸이 될 순 없거든."

쿠로네코는 단호하게 말했다. 왜냐고는 물을 필요도 없었다.

일주일이라도 떨어지고 싶지 않아했으니까.

"하지만 그러면서도 괴기를 직접 체험하고 싶다는 생각도 있어."

"하하, 정말 복잡하네."

"그래. 내가 봐도 참 곤란하다니까."

"그럼 '행방불명'이 정말로 있을지도 모르니까 조심해서 조사하자."

"응, 그렇게 해야지."

'없다'고 단정하는 것도 아니고, '있다'고 믿는 것도 아닌.

애매모호하게, 적당한 거리를 두고 괴기의 옆을 걸어가도록 하자.

향토자료관을 뒤로한 우리들은 히텐 신사로 향했다. 왜냐하면 아침에 할머니에게서 들은 이야기가 내내 우리 머리에 붙어서 떨어지지 않았기 때문이었다.

…'히텐 신사'라는 이름의 장소는 이 섬에 존재하지 않는다.

자료관에서 발견한 것도 '이누마키 신사'의 내력에 대해서뿐이었다.

하지만 우리는 '히텐 신사'에 갔고, 거기서 하루카와 만났잖아….

아니면 우리가 착각한 거고, 어제 간 신사는 '히텐 신사'가 아니라 '이누마키 신사'였던 걸까? 그런 거라면 설명이 된다.

되기는 하는데… 납득은 안 가는 부분이 있었다.

"이쯤에서 길이 꺾이지 않았나?"

옆에서 걷던 쿠로네코가 말했다. 나는 걸음을 멈추고 주위를 둘러보았다.

"음… 응… 그런가. 어제 저녁에는 역방향에서 걸어와서 잘 구분이 안 가네. 풍경이 이랬었나."

"확실히 인상이 다르긴 해. 하지만 주소를 봐선 맞는 것 같은데?"

"흐음… 잠깐만."

어제 저녁처럼 지도를 펼치고 둘이 함께 들여다본다.

그때 잘 확인했는데… 신사 표시는 섬에 하나밖에 없다.

그리고 현재 위치는 '미우라장'의 북쪽… 그러니까 쿠로네코 말이 맞았다.

우리는 지금 어제와 반대로 북쪽에서 남쪽을 향해 걸어온 건데….

"이쪽에서 봐볼까?"

몸을 180도 돌려 어제 저녁과 같은 각도에서 마을 풍경을 바라보았다.

기억 속에서 두 개의 풍경을 비교해보니….

"아, 저기 모퉁이 아냐? 어제 왔을 때에도 저기에 국수 가게가 있었잖아."

"그렇네."

쿠로네코는 신중하게 길모퉁이로 걸어갔고….

이렇게 중얼거렸다.

"…안내 간판이 없어."

"뭐? 아… 진짜네. 치운 거 아닐까?"

어제는 이 모퉁이에 '히텐 신사'라고 적힌 낡은 간판이 세워져 있었는데.

흙바닥 위에 푹 꽂혀 있었던 것 같은데.

없어졌다. 꽂혔던 흔적도 없다.

"……………."

"……………."

우리는 한참 동안 그 자리에 아무 말도 못 한 채 굳어 있다가.

"앞으로 가보자."

"…그러는 수밖에 없겠네."

무거운 발걸음으로 움직이기 시작했다.

그 이후의 여정은 어제 저녁과 똑같았다.

언덕길을 올라 자갈이 깔린 산책로를 지나 긴 돌계단 앞에 도착했다.

중간에 어제와 같은 앵글로 사진을 찍어두었다.

낮 풍경도 자료로 필요할 테니까.

…아, 뭔가 생각이 날 것 같은데.

뇌리에 반짝 떠오른 것이 형태를 이루기 직전.

"선배, 계단 올라가서 신사까지 가보자."

쿠로네코의 목소리에 빛은 순식간에 흩어져버렸다.

"나만 갔다 와볼까? 다리 근육통 있잖아."

"…나… 그런 말은 한 마디도…."

"말 안 해도 알지."

남자 부원들 중에도 운동 부족인 녀석들은 아침에 근육통이 있다고 앓는 소리를 했으니까… 쿠로네코도 그렇지 않을까 생각했다.

"…나도 갈래. 우연이나 착각이 아니라면… 이 앞에 불가사의한 현상의 답이 있을 것 같아."

"그렇지만 너 다리가 후들거리는데. 진짜 괜찮겠어?"

"시리어스한 분위기를 망치지 말아줘, 선배."

곁눈으로 노려본다.

쿠로네코는 당당하게, 진지한 얼굴로 말했다.

"괜찮은지 아닌지를 따진다면 괜찮지 않아. 다리가 막대기 같아."

"거봐."

"하지만 갈 수밖에 없잖아. 너무 궁금하기도 하고, 또…."

"또?"

"눈치 좀 있어라, 인간아."

뺨을 붉히며 고개를 돌린다.

아하… 혼자 남는 게 무섭구나.

쿠로네코 녀석, 오컬트를 좋아하는 주제에 소심한 면이 있단 말이야.

"그럼 천천히 가보자."

어제와 비슷한 대화를 주고받으며 돌계단을 오르기 시작했다.

어제보다 힘들게 느껴지는 건 머리 위로 쏟아지는 햇살 때문이겠
지.

여름 코믹 마켓이 생각나는 더위였다.

"그런데 벌써 낮이네…."

"…어제보다 시간이 더 빨리 흐르는 것 같아."

"그보다는… 어제가 너무 느렸던 것… 같은데."

숨을 헐떡이면서 올라간다. 마침내 돌계단을 다 오른 우리는,

"………………."

"………………."

아까보다 더 강한 의미로 말문이 막혔다.

간판이 없어진 게 문제가 아니었다.

돌계단 끝에는 '히텐 신사'가 없었다.

"…설마."

어제 저녁에 본 소박한 토리이도, 좁은 경내도, 작은 사당도, 아
무것도 없었다.

하루카가 떨어졌던 나무만이 그때의 기억과 일치했다.

대신 자리하고 있는 건 '이누마키 신사'다.

화려하게 채색된 멋진 토리이에 신사의 명칭이 새겨져 있었다.

넓은 경내에선 남자 부원들이 제등 장식을 설치하고 있었다.

우리를 본 아카기가 수건으로 얼굴을 훔치며 다가와서,

"오, 코우사카, 고코우. 어쩐 일이야?"

말을 걸었는데….

나도, 쿠로네코도 제대로 대답을 할 수 없었다.

무슨 일이 일어났는지 이해가 되지 않았다.

그때,

"아, 맞다. 사진…."

놓쳤던 빛이 다시 돌아와 나는 황급히 디지털 카메라를 확인했다.

어제 저녁, '히텐 신사'에서 찍은 사진을 보면….

"…없어졌어."

모든 게 불가사의하기만 했다. 단 하나, 확실한 것은,

…아무래도 신사 사진은 모두 다시 찍어야 할 것 같다는 사실이었다.

격렬한 동요에서 겨우 재기동한 우리는 이누마키 신사를 뒤로하고 상점가로 왔다.

오전 중에 예정했던 '할 일'도 끝났고 체력적으로도, 정신적으로도 지쳤기 때문에 어느 가게에라도 들어가 좀 쉬자는 생각에서였다.

그런데….

한마디로 말하면 쇠락한 곳이었다. 열린 가게가 더 적을 정도다.

아치에 '이누마키 긴자'라는 글자가 보이는데, 저게 상점가의 공식 명칭인가.

뻔뻔해도 너무 뻔뻔한 거 아니냐고.

도쿄도에 사과해라, 진짜.

"이 섬, 진짜 편의점이 없구나."

"지방은 거의 이렇지 않나. 좋은 취재 요소네."

"그런데 난처하네. 설마 패스트푸드점도, 카페도 없을 줄이야……."

이 섬의 젊은이들은 어떻게 살고 있을까.

그런 무례한 생각을 하고 있는데 쿠로네코가 내 팔을 가볍게 두드리고서 앞쪽을 가리켰다.

"선배, 그런 말 하는 사이에 저기 있네… 카페가."

친숙한 체인점이 아닌 개인이 경영하는 카페 같았다.

쇠락한 상점가에는 어울리지 않는 산뜻한 점포. 벽돌처럼 꾸민 벽면, 커다란 창으로 가게 안을 들여다볼 수 있었다. 인테리어도, 조명도 꽤 신경을 쓴데다 흐릿하고 어슴푸레하고 신비로운 분위기.

판타지 세계의 마법 상점 같은 게 쿠로네코 취향으로 보였다.

"괜찮은 가게 같은데. 들어갈까?"

"응."

문을 열자 딸랑, 방울 소리가 울렸다.

어서 오세요 하고 가게 주인으로 보이는 여성이 인사를 건넨다.

자리로 안내해주어 나는 쿠로네코와 마주 보고 앉았다. 점심은 '미우라장'에서 먹을 거니까 마실 것만 주문했다. 냉방이 잘되어 있어 온몸의 땀이 식는 게 느껴졌다.

"후우… 이제 좀 살 것 같네."

얼음물을 벌컥벌컥 들이켠 다음 손으로 얼굴을 부채질했다.

더위에서 해방되어 기분이 좋아진 나를 보고 쿠로네코가 쓴웃음을 지었다.

"이렇게 가게가 적으니까 쉬는 것도 쉽지가 않네."

"그러게."

시원한 곳에서 쉬고 싶어도 그럴 장소가 없다.

회복 포인트가 없는 던전을 탐험하는 꼴이었다.

…아, 내 비유가 또 쿠로네코랑 비슷해졌네.

냉방이 잘된 가게에 들어와 진정이 됐으니 이제 조금 정리를 해보자.

'히텐 신사'가 '이누마키 신사'가 되었던 건에 대해서 말이다.

쿠로네코와도 이야기했지만, 우리는 틀림없이 어제와 같은 길을 지나 같은 신사에 도착했다.

그런데 그곳은 '히텐 신사'가 아니라 '이누마키 신사'였다.

'히텐 신사'가 존재했던 증거인 사진은 어느새 사라져버렸다.

우리가 체험한 불가사의한 사건이 정말로 괴기 현상인지.

솔직히 난 아무래도 상관없다는 생각이었다.

중요한 건….

"선배, 내 생각을 들어주겠어?"

이렇게 그녀가 즐거워 보인다는 점이다.

잠시 쿠로네코와 담소를(주로 우리가 겪은 괴기 현상에 대해서였지만) 나누다 보니 아이스커피가 나왔다.

음료를 마시기 위해 일단 대화가 끊겼고….

"……………."

"……………."

우리 사이에 의미심장한 침묵이 깔렸다.

아마 쿠로네코도 나와 같은 이유로 입을 다물어버린 거라고 생각

되는데.

…새삼스레 깨닫고 말았던 것이다.

단둘이 마을을 돌아다니고 카페에서 휴식을 취하는 이 상황.

왠지… 뭔가…!

굉장히 데이트 같지 않냐?!

게다가 그냥 데이트가 아니다.

집에서 멀리 떨어진, 바다에 둘러싸인 섬.

우리는 한 지붕 아래에서 머물고 아침부터 한솥밥을 먹고.

오전 내내 같이 낯선 곳을 관광했던 건데.

그건 실질적으로 '숙박 여행'이라고 해도 되지 않나!

원래대로라면! 연인, 그것도 상당히 친밀한 사이가 된 뒤에야 비로소! 허락되는 행위 아니야?!

그런데 어젯밤엔 아직 사귀는 것도 아닌데 등을 맞대고 노천탕에 들어가기도 하고, 거기서 그대로 대화를 나누기도 하고, 목욕 마치고 나온 모습을 보기도 하고….

아아아아아….

하룻밤 자고 리셋되었던 어젯밤의 먹구름 같던 감정이 다시 피어오르기 시작했다.

아아, 제길.

익숙한 일상이 아니라서, 비일상 속이라서 영 이상하네.

수학여행에서 커플이 잘 생겨나는 이유를 나는 지금 이 순간, 바로 체험하고 있는지도 몰랐다.

"………………."

멍하니 그녀의 얼굴을 바라보았다.

어느새 커피는 얼음만 남아 있었다.

빨대를 빨아도 아무것도 나오지 않아, 그제야 그 사실을 깨달았다.

"…아, 저기."

그녀가 먼저 침묵을 깨고 말을 걸어주었다.

초조한 기색이 역력한 말투는 나와 비슷한 생각을 하고 있어서 그런지도 모르겠다.

"으, 응… 왜?"

"저거… 좀 봐줘."

응? 뭐?

나는 쿠로네코의 시선을 따라가보았다.

그러자 제일 안쪽 자리에 기묘한 인물이 있었다.

새까만 로브를 입고 있었다. 후드를 깊숙이 눌러써서 얼굴은 보이지 않았다.

탁자 위에는 소프트볼 크기의 수정구슬과 타로 카드가.

그 옆에는 '점 100엔'이라고 적힌 팻말이 놓여 있었다.

"어, 점술가인가?"

"그런 것 같네."

맞은편에 앉은 여자 손님은 점을 보고 있는 거겠지.

그, 혹은 그녀는 수정구슬 위에 두 손을 올리고서 무슨 대화를 하고 있는 것 같았다.

"헤에…… 관광지 같은 데서 숙박 시설에 점술가가 있기도 하니까."

저 사람도 그런 건가. 아니, 하지만 이 섬은 관광지가 아니잖아.

가게의 미스터리어스한 분위기 때문에 위화감이 든다고는 해도 참 신기한 광경이었다.

나는 그 이상 깊이 생각하지 않았지만,

"선배, 자세히 봐… 저 옷…."

쿠로네코는 내게 더욱 주의해서 보라고 지시했다.

"저 로브가 뭔가…."

어쨌다는 거냐.

는 뒷말은 입에서 머물렀다.

기시감이 들었기 때문이다.

어…? 어디선가 본 적 있는데…? 언제, 어디서였더라….

아주 최근에… 그야말로 이 합숙이 시작된 다음에….

…두 눈 똑똑히 뜨고 봐, 선배. 내가 직접 창조한 마도구의 모습을.

"네크로맨서 로브잖아!"

깨닫자마자 큰 소리로 답을 말했다.

그렇다.

비슷한 다른 옷이 아니다. 저런 제정신이 아닌 옷을 입고 있는 녀석과 계속해서 마주친다는 건, 그런 우연은 있을 수가 없다. 기성제품도 아니고 말이다.

역시 저건… 신칸센에서 쿠로네코가 내게 자랑했던 로브가 분명했다.

"역시 그렇게 보여?"

"응… 그런데 어떻게 된 거지? 너, 그, 위험한 옷이라고….."

"…내 마도구는… 어떤 인물에게 대여해줬어."

"뭐?"

당황해하는 내 목소리를 무시한 채 쿠로네코는 소리도 없이 일어나 저벅저벅 걸어갔다.

'수수께끼 인물' 쪽으로.

"야, 야….."

나도 당황해 뒤를 따라갔다.

점을 다 보았는지 여성 손님이 '수수께끼 인물'을 떠나간다.

그와 교대하듯 쿠로네코가 점술가 바로 옆에 서서 "후우…" 하고 한숨을 내쉰 뒤에,

"우연이네" 라고 말을 걸었다.

나는 쿠로네코의 얼굴을 살펴본 뒤, 뒤이어 예의 인물 쪽으로 시선을 돌렸다.

그러자 수상한 점술가는 후드를 치우며 아름다운 얼굴을 드러냈다.

그러고서 그대로 우리를 향해 손을 흔들며,

"얏호… 쿠로네코, 쿄우스케♪"

"하루카!"

나는 그녀의 이름을 불렀다.

"너… 이런 데서 뭐 하는 거야?"

바보같이 입을 벌리며 묻는다.

"응? 보면 모르겠어~? 알바 하잖아."

"아니, 보고 어떻게 알아. 의문투성이다. 일단 알바라는 것부터

가."

"이 가게에서 잡일을 하면서 점을 봐주고 있어. 히히, 이거 진짜 잘 맞는다고."

묘한 귀여운 포즈를 취하며 그런 말을 하는 하루카.

으음…? …아침에 이미 '오전엔 알바를 한다'고 했지.

그렇다는 건 어제 벌써 가게 주인과 이야기가 됐다는 말인데….

가게 안에서 점을 본다는 수상한 장사를 허락해준 건데….

도대체 이 기가 막힌 수완은 뭐냐? 프로 스파이나 뭐 그런 거냐?

안 그래도 묘한 구석이 많은 아이인데, 시간이 지날수록 더 수수께끼가 늘어난다.

"후… 아무래도 내 마도구가 바로 도움이 된 것 같군."

"응, 아아, 덕분에 살았다니까. 역시 점은 겉모습도 중요하니까! 딱 맞는 옷을 구한 건 완전 행운이었어! 이렇게 수상하고도 제대로 된 로브는 가게에선 절대로 안 팔거든!"

두 사람의 대화를 들은 내가 의아해하고 있는데 쿠로네코가 가르쳐주었다.

"어젯밤에 점을 보는 알바를 할 거라고 해서 의상으로 쓸 만한 옷을 빌려줬어."

"그런 거였구나."

쿠로네코 녀석, 정말 하루카에게 친절하네.

자신이 만든 아끼는 옷을 보통은 빌려주지 않을 텐데.

평소의 쿠로네코라면 그런 발상조차 하지 않을 거다.

…쿠로네코는 어제부터 내내 하루카를 잘 돌봐주고 있었다.

그 마음이 신기하게도 나도 이해가 됐다.

괜히 친절을 베풀고 싶어진달까, 그냥 내버려둘 수 없을 것 같달까….

나도, 쿠로네코도 그렇게 친절한 성격은 아닌데 말이다.

"그런데 너 정말 실력 좋은 것 같네?"

"오. 알겠어?"

"응, 나도 공부하고 있으니까… 아까 점치는 거 관찰했는데 굉장히 세련된 기술과 지식이 뒷받침하고 있는 건 알겠더라. 물론 나보다도."

헤에, 그런가. 오컬트를 좋아하는 쿠로네코가 하는 말이니 맞겠지.

"뭐, 그렇게 느껴지겠지."

하루카는 쿠로네코의 칭찬을 듣고서 웃고 있었다.

이 반응, 꽤나 자신이 있나 보군.

"점은 언니한테서 배웠어. 으음, 설마 이런 데서 도움이 될 줄이야…. 인생은 무슨 일이 있을지 정말 알 수 없다니까…."

"이런 말 하는 거, 나답지 않지만… 네 언니와는 마음이 잘 맞을 것 같아."

"아… 정말 그럴 거야. 우리 언니는 울트라 레벨로 짜증 나는 성격이긴 하지만… 쿠로네코 하고는 분명히, 아니, 백퍼 친구가 되었을 거야. 여기에 없는 게 아쉽다."

굉장한 자신이네. 쿠로네코와 죽이 맞는 녀석은 진짜 드문데.

그 아이도 점을 잘 본다는 건… 오컬트를 좋아하거나, 중2병이거나 그런가.

"멋진 언니구나."

"글쎄. 솔직히 완전 귀찮은 인간인데. 그래도 뭐, 여기에 와서… 조~금은 언니한테 고마운 마음이 드는 것도 같고… 히히히, 복잡하네."

나와 비슷한 말을 한다.

그 심정은 이해한다. 짜증 나는 형제가 있으면 그렇게 한탄을 하고 싶어지지.

하루카는 손바닥을 위로 해서 우리에게 내밀었다.

"아, 둘 다 앉아. 신세 졌으니까 무료로 점 봐줄게."

"오, 그래도 되냐?"

순순히 하루카 맞은편에 앉았다. 쿠로네코도 잠시 망설이다가 내 옆에 걸터앉았다.

탁자를 사이에 두고 하루카와 마주 보는 형태다.

"물론이지. 어디 보자, 연애점 괜찮지?"

"어? 어… 괜찮아."

"야, 야… 쿠로네코…."

"장난이야. 그냥 장난. 다른 뜻은 없어."

"그, 그래… 그렇구나… 그럼 뭐…."

"쿄우스케는 줏대가 약하구나."

하루카는 키득키득 웃고 있었다.

"시끄러워! 무슨 상관이야!"

"으히히, 그럼 점을 봐드리지요! 영차."

하루카는 미스터리어스함이라고는 흔적도 찾아볼 수 없는 목소리로 수정구슬 위에 두 손을 올렸다.

오오… 구슬이 흐릿하게 빛나는 것처럼 보이는데.

"야, 이거 전구나 무슨 장치 들어 있는 거냐?"

나는 쿠로네코에게 가벼운 마음으로 말을 걸어보았지만.

"……? 무슨 소릴 하는 거지?"

"어, 아니, 이 구슬이….."

"…보인다."

우리의 잡담을 끊듯이 하루카의 목소리가 흘러나왔다.

그걸로 직전의 대화는 흐지부지되고 말았다.

점술사로서의 화술인지, 하루카의 목소리는 작은데 강제로 귀를 기울이게 만든다.

로브 안에 넣어놨었는지, 그녀는 스케치북을 꺼내 한 손으로 펼쳤다.

"결과는 그림으로 보여줄게."

펜이 빠르게 움직인다. 이쪽에선 보이지 않지만 상당한 속도로 그림을 그리고 있다는 걸 알 수 있었다. 잠시 뒤 그녀는 펜을 내려놓고,

"자! 완성됐습니다!"

우리에게 펼친 스케치북을 내밀었다.

"오오… 잘 그리는데."

"정말 다재다능하군… 아, 이건…."

쿠로네코가 놀라는 것도 당연했다. 거기에 그려진 건 분명히 우리 두 사람이었으니까.

게다가 그 내용은….

턱시도를 입은 나와 웨딩드레스를 입은 쿠로네코가 나란히 서 있는 것이었는데….

"야, 야!"

"으히히, 두 사람에게 이런 장래가 기다리고 있는 것 같습니다…
…. 마음에 드셨나요, 손님~?"

"노, 놀리려고 그런 거지!"

얼굴이 뜨겁다. 최근에 쿠로네코와의 사이를 놀려대는 경우가 많
았는데… 이게 최고네!

너무 부끄러워서 쿠로네코의 얼굴을 쳐다볼 수가 없잖아!

"뭐야, 점술가의 자존심을 걸고 거짓 점은 아니야. 이건 진짜로
두 사람의 미래, 그 가능성 중 하나라고."

"…이렇게 안 될 가능성도 있다고?"

"물론이지."

쿠로네코의 질문에 바로 대답하는 하루카. 그녀는 왠지 싸늘한
눈으로 나를 바라보고 있었다.

"쿄우스케는 바람기가 있어서… 다른 여자랑 결혼하는 미래도 많
이 보였어."

"…헤에… 그래."

"점괘가 너무하잖아!"

왜 아직 저지르지도 않은 일로 비난을 받아야 하는 거야!

쿠로네코까지 싸늘하게 쳐다보다니! 크으윽….

"아니, 난 만약 결혼을 한다면 바람은 절대로 안 피울 거라고!"

"정말? 여동생이랑 단둘이 여행 가고 그러지 않을 거야?"

"나한테 여동생이 있다는 걸 어떻게 알았어!"

"나, 점술가."

아, 그러셔. 실력 참 좋구나!

"쿄우스케의 여동생은 엄청 미인에 스타일도 좋고, 미래엔 인기 모델이 되는 것 같아. 운동선수로 성공하는 미래도 보였지만… 우와, 굉장히 좁은 문이네. 상당히 운이 좋고 본인이 죽을 만큼 노력해서 겨우 가능성이 보이는 정도로…."

"…으… 아."

굉장히 '현실일 것 같은 미래'를 말해서 심장이 두근거렸다.

쿠로네코가 놀라는 걸 보니 그녀가 키리노의 정보를 흘린 것도 아닌 것 같았다.

그렇다면… 이 녀석… 진짜, 정말로 점술가인 건 아니겠지.

이런 건 콜드 리딩으론 설명이 안 되잖아.

하루카는 다시 내게 물었다.

"그래서… 쿄우스케는 그런 끝내주는 미인인 여동생이랑 바람피우지 않을 거야?"

"피울 리가 있냐!"

기분 나쁜 소리 하지 마!

"여동생하고 단둘이 여행 안 갈 거야?"

"그건 모르지만."

"잠깐, 선배? 왜 부정 안 해?"

"아니, 또 인생 상담이니 뭐니 하는 소릴 하면… 그런 일이 생길지도 모르잖아?"

"…하아… 그래… 당신 성격에… 쉽게 상상이 가."

왜 어깨가 축 늘어지는 거야…. 그렇게 침울해하면 곤란한데….

그런 우리를 본 하루카는 살짝 딱딱한 미소를 지으며 말했다.

"…쿠로네코… 고생이 많구나."

"이런 사람이야…. 이젠 익숙해."

나를 이용해 관계를 돈독히 하는 행동은 좀 삼가주시죠.

"그러니까… 이 그림은 줄게."

"…나중에 받을게. 지금 받아도 구겨질 거야."

"그래, 그래. 그럼 숙소에서 줄게."

하루카는 슥 하고 스케치북을 치웠다.

나는 내게 바람기가 있다는 화제를 바꾸기 위해 하루카에게 칭찬을 퍼부었다.

"그나저나… 진짜 대단하다. 지금 점이 맞을지 어떨지는 모르지만… 재미있었어. 이 정도면 진짜 돈 받을 만하네. 말도 잘하고, 진짜 프로야."

"그러게, 나와 동갑이라고 보이지 않는 사교성이야."

아, 쿠로네코는 하루카의 나이를 이미 알고 있구나.

그렇다면 하루카는 열여섯 살?

"학생이지?"

"물론. 다만 이렇게 무일푼으로 쫓겨나는 상황에 익숙하달까… 아, 신경 쓰여~? 여행지에서 만난 미스터리어스한 미소녀의 성장 과정에 관심이 있으신가?"

자기 입으로 미스터리어스한 미소녀라고 하진 마라.

"관심이 없진 않지만, 알바 중이잖아?"

"아차, 그랬지! 사장님~. 이제 끝내도 될까요…?"

하루카가 자리에서 일어나서 큰 소리로 외쳤다. 그녀의 시선을 따라가자 안경을 쓴 여자 사장님이 웃으며 오케이 사인을 보내고 있었다.

"고맙습니다! …그럼 난 이제 알바 끝이야. 합류할 수고를 줄였네!"

"그러고 보니 '섬의 전설'에 대해 정보 교환을 하기로 했었지. 마침 잘됐다. 우리도 너와 의논하고 싶은 게 있었거든."

"그래? 그럼 이대로 여기서 이야기할래?"

"그것도 좋지만 너도 뭐라도 주문해. 이제 손님이니까."

"아, 그렇네."

최근 들어 쿠로네코가 참 언니답다.

실제로 고코우가의 큰딸이었으니까. 하루카와도 마치 자매 같네.

하루카가 주문한 아이스커피가 나오길 기다린 뒤에 주제로 들어갔다. 먼저 말을 꺼낸 건 쿠로네코였다.

"그럼… 하루카, 오늘 아침과 상황이 달라졌어."

"응. 나랑 의논하고 싶다고 그랬지. 무슨 일이 있나 보구나 싶었어."

"이 이야길 믿어줄지 잘 모르겠지만…."

나도 미리 못을 박아두었다. '우리가 만난 신사가 사라졌다'는 말을 해봤자 농담으로밖에 안 들릴 테니까.

"아, 잠깐만. 급한 거 아니면 주제로 들어가기 전에 나에 대해 말해두는 게 좋겠지? 흥미진진하잖아?"

대놓고 '들어달라'고 하는 말에 터지려는 웃음을 참느라 힘들었다. 쿠로네코도 미소를 지으며 이렇게 대답했다.

"그래, 너에 대해 가르쳐줘."

"응! 아, 있지, 왜 지금까지 나에 대해 괜히 뜸들이며 숨겨왔느냐면 말이지, 어떻게 설명해야 좋을지 고민했었어. 증거도 없고 솔직히 말을 한다고 과연 믿어줄지 자신이 없었거든."

하루카는 내가 했던 것처럼 그렇게 전제를 깔았다.

그녀도 지금부터 믿기 어려운 이야기를 하려나 보다.

"…후… 그래, 역시 너는… 그런 거구나."

당찬 목소리와 얼굴로 다 안다는 듯이 말하는 쿠로네코.

즐거워하는 분위기로 봐서 무슨 생각을 하고 있는지는 알겠지만 일단 넘어가자.

"계속해봐. 네가 어떤 황당무계한 소리를 한다 해도, 적어도 나는 웃지 않을 거라고 약속할게."

"그래. 나도 바보 취급하지 않을게."

"고마워. …그럼 말할게."

하루카는 후우, 하아 하고 진정하려는 듯 심호흡을 했고….

"사실은 나… 미래에서 왔어."

그렇게 고백했다.

"………………."

"……………."

그 말을 들은 우리는 나란히 침묵했고….

"…너…."

먼저 쿠로네코가 입을 열었다. 멍한 얼굴로 이렇게 말했다.

"…우주인이 아니었구나."

"아아, 넌 분명히 그렇게 믿고 있을 줄 알았다."

언행 구석구석에서 그런 냄새가 풀풀 났으니까.

"…어, 으아아…? 너무 예상 밖의 반응인데…."

고백한 하루카까지 황당해한다.

"아, 저기요~? 그러니까… 믿어주는 거야?"

"응? 아… 잠깐만. 감정 정리를 하는 중이니까."

쿠로네코는 난처하다는 얼굴로 뭔가를 중얼거리고 있었다.

"…우, 우주인이라고 고백한 거면 받아들일 태세였는데… 미래인이라니… 아니… 나의 완벽한 고찰이 틀렸다는 말이야…?"

상당히 (하루카가 걱정했던 것과는 전혀 다른 이유로) 고민에 빠졌던 쿠로네코는 마침내 모든 걸 다 털어낸 얼굴로 고개를 들고 이렇게 한 마디 말했다.

"믿을게."

"진짜?!"

"응, 진짜로. …뭐, 우주인이든 미래인이든 존재하기 어렵다는 점에서는 비슷한 거니까. 그리고… 솔직히 말하지만 믿는 게 재미있을 것 같은걸. …기분 상했을까?"

"아니! 전혀!"

하루카는 고개를 힘차게 저었다.

"믿어줘서 고마워, 쿠로네코!"

하루카는 쿠로네코의 손을 두 손으로 감싸 쥐고 위아래로 흔들었다.

쿠로네코는 곤혹스러우면서도 쑥스러워하는 모습이었다. 하루카는 나를 쳐다보았다.

"쿄우스케는? 내가 한 말 믿어주는 거야?"

"난 바보 취급하지 않겠다고 했지 믿는다고는 안 했다."

아니, 너무 엉뚱하잖아.

상식적으로 생각하면 가출 소녀가 아무렇게나 둘러대는 걸로밖에 안 들린다.

뭐, 나도 조금 전에 불가사의한 체험을 하긴 했지만.

앞으로 우리도 하루카에게 '믿기 힘든 이야기'를 해야 하기도 하지만.

게다가 엄청나게 잘 맞을 것 같은 점을 봐줘서 상식이 흔들리고 있긴 하지만….

아무래도 내가 쿠로네코처럼 바로 '진심으로 믿는다'고 한다면 거짓말이 될 거다.

"그러니까…."

"그러니까?"

만약 키리노가 지금의 하루카와 같은 상담을 해온다면.

난 아마 이렇게 대답할 거다.

"믿는 척해줄게."

"으응? …무슨 의미야?"

"믿지는 않지만 믿는 것과 똑같이 너한테 대응해주겠다고."

"믿어주는 거랑 뭐가 다른데?"

"너한테 거짓말을 안 해도 된다."

"…그렇… 구나."

하루카는 고개를 숙였다.

"불만이야?"

"아니… 믿지 않는데 '믿는다'는 말을 하는 것보다 훨씬 성실하다고 생각해. 넌 정직한 사람이구나."

"아니, 내가 기분 나빠질 만한 일은 하기 싫을 뿐이야…."

직설적인 칭찬에 괜히 기분이 이상해진다. 나는 변명하듯이 헛기침을 한 번 하고서,

"뭐, 아무튼" 하고 화제를 되돌렸다.

"우리 입장은 그래."

나는 '믿는 척'을 하고, 쿠로네코는 '믿는다'.

거기에다 하루카는 하고 싶은 말이 있는 거지?

그렇게 은연중에 재촉하자 그녀는 미소를 지었다.

"고마워."

그런 표정을 짓게 한 게 자랑스럽게 느껴지는… 그런 얼굴이었다.

"그럼 계속할게. …으음… 일단 여기까지의 경위부터 해야겠지. …난 가족 여행으로 이누마키지마에 왔어."

"가족 여행으로 이런 아무것도 없는 곳에? 네가 있던 미래에선 섬이 발전하기라도 했어?"

쿠로네코의 지적에 하루카는 살짝 굳은 미소를 지으며 답했다.

"미래에도 아무것도 없는 분위기입니다, 네. 아니, 여긴 아빠와 엄마에겐 '소중한 추억의 장소'라더라고. 처음엔 부부끼리만 다녀오라고 이야기가 됐었는데, 바… 언니가 '흥미로운 전설이 있으니까 나도 갈래'라며 분위기 파악 못 하는 소리를 꺼냈지 뭐야."

너 지금 언니를 바보라고 부르려고 했지?

"너희 언니… 오컬트를 좋아한다고 했지."

"맞아. 그 인간은 쓸데없는 지식만 많다고. 그런 주제에 영감은 제로라서 엄청 위험하다니까. 위험한 심령 스폿에 쳐들어가서 악령

에 홀릴 뻔하기도 하질 않나, 채널링을 하겠다며 혼자 산에 들어가려 하질 않나, 어중간한 의식으로 좋지 않은 걸 소환하질 않나, 내가 눈을 떼면 금방 죽으러 간단 말이야, 바보니까. 정말 바보 언니니까!"

속사포다! 자기가 다니는 회사의 험담을 늘어놓는 직장인 같다.

"그, 그래… 그런데 용케 살아남았구나?"

"내가! 매번! 뒤처리를 해주고 있다고오오~~~~!"

화가 난 눈을 하고서 전력으로 주장한다.

"고스트 버스터스도, 퇴마사도, 무녀도, 아무것도 아닌데 늘, 매번, 항상, 언제나 내가 언니 대신 얼마나 험한 꼴을 당하는데! 그저 남보다 영감이 조금 강할 뿐인데! 아주아주 평범한 귀여운 여자애인데! 자꾸만, 점점 오컬트 관련 사건에 대한 대처 능력만 높아지고 있단 말이야, 제길!"

아이스커피를 벌컥벌컥 들이켜는 하루카.

횟술을 마시는 직장인이야. 불만이 많이 쌓였나 보네.

쾅, 유리잔을 탁자에 세게 내려놓는다.

"이런 내 처지에 대해 어떻게 생각해, 쿠로네코!"

"어? 으음… 나도 너 같은 동생이 갖고 싶네."

"같은 부류야!"

처억! 울먹이며 쿠로네코의 얼굴을 손가락으로 가리킨다.

"히잉, 바보 언니랑 동족이 이런 곳에도 있었어!"

"야, 야… 어쩔 거야, 쿠로네코. 울잖아."

"…나보고 어쩌라고. 야, 하루카."

"…흐윽… 왜?"

"아직 이야기하는 도중이었잖아. 기껏 재미있어졌는데 마지막까지 다 말한 다음에 울어도 울렴."

"언니랑 단 한 글자, 한 단어도 틀리지 않은 말을 하다니…!"

이건 내가 들어도 좀 심했다 싶다.

키리노도 그렇지만, 오타쿠는 좋아하는 것과 관련된 일이면 이기적이 되는 면이 있단 말이지.

"사과하는 게 좋겠다, 쿠로네코."

"…그, 그래… 미안해. 생각 없이 말했네."

"흐으… 아니야, 나야말로 미안. …너무 흥분해버렸어."

하루카는 뺨을 붉혔다. 이 녀석도 그렇게 흥분할 생각은 없었나 보다.

그 마음은 이해한다. 나도 동생 불평을 늘어놓을 때면 이렇게 되곤 하니까.

"아, 그러니까… 어디까지 이야기했더라."

"너희 언니가 오컬트적인 의미에서의 말썽꾸러기고, 네가 늘 그 피해를 뒤집어쓰고 있다는 데까지."

"맞다, 그랬지. …그런 언니의 희망에 따라 우리 자매도 부모님 여행에 따라오게 됐어. '행방불명' 전설이 있는 이 섬으로 말이야."

…그렇게 이어지는구나.

아무래도 미래에도 이누마키지마의 전설은 그대로 남아 있나 보다.

"언니 성격에 내버려뒀다간 분명히 '행방불명'을 당해 죽겠지 싶어서 나도 마지못해 따라온 거야. 그러고서 둘이서 섬을 둘러보고 전설에 대해 조사하고 있었는데, 언니가 아주아주 말도 안 되는 소리를 꺼내서… 뭐였을 것 같아?"

""행방불명'을 당하러 가보자'… 내지는 '이세계로 가보고 싶네'
정도?"

"우와! 정답이야! 어떻게 알았어?!"

"아무래도 너희 언니는 나와 비슷한 사고방식을 가진 것 같으니
까… 나였으면 어땠을까 생각해봤지. 만약 내게 무모한 짓을 할 수
없는 이유가 없었다면… 분명히 그렇게 말했을 거야."

"우리도 지금 전설 이야기를 듣고 자료관에 갔다 온 참이야."

"…아하, 그래서…."

하루카는 이해했다는 듯이 턱을 쓰다듬었다. 그러고서 쿠로네코
를 주시하며 말했다.

"하지만 이세계라니? 그런 단어는 이 섬을 둘러봐도 안 나오던
데?"

"포크로어(도시 전설)야."

쿠로네코는 단적으로 대답했다.

"인터넷에서는 '이누마키지마에서 이세계로 갈 수 있다'는 소문
이 있어. 너희 언니라면 알고 있었을 거야, 나처럼 말이지. '행방불
명'과 '이세계'. 두 단어가 모였을 때 당연히 이렇게 생각했겠지."

…'행방불명'을 당한 사람은 이세계에 가는 게 아닐까.

…'히텐 님'이란 이세계인이 아닐까.

"정답이야. 언니는 바로 그런 발상을 하고 있었어."

하루카는 천천히 박수를 쳤다.

"그런데 쿠로네코, 그만한 정보를 갖고 있는데 나를 우주인이라
고 생각했던 거네? 왜 그런 거야?"

"네 이름이 앞으로 내가 쓰려고 하는 우주인 여주인공이랑 똑같았기 때문이지."

정확하게는 '우주인 설정으로 하려고 생각했던 여주인공'이다.

"아, 그렇구나! 내 가명에 발목이 잡혀서 그쪽으로 생각이 흘러간 거야…? 어라, 그런 효과는 생각 안 해봤는데. 그런데 그런 거라면 이해가 된다."

"…대놓고 '가명'이라고 하네."

"응, 가명입니다. 본명은… 비·밀♡."

기가 막혀하는 나를 보고 하루카는 생긋 웃는다.

쿠로네코는 눈을 가늘게 모으며 자신의 생각을 입에 담았다.

"…너, '미래의 나'를 알고 있구나?"

쿠로네코를 알고 있기 때문에 '마키시마 하루카'라는 가명을 쓸 수 있었다.

하루카는 잠시 답을 흐리다가.

"…맞아. 히히, 나 지금 미스터리의 범인이 된 기분이다. …다시 원래 이야기로 돌아갈까. 언니는 "행방불명"을 당해 이세계로 가자'고 했어. 동기는 '재미있을 것 같으니까' '흥미로우니까' '비일상을 동경하고 있으니까'… 늘 하는 말이지."

가볍게 언급되는 '하루카 언니의 동기'에 쿠로네코는 깊이, 무겁게 고개를 끄덕였다.

상당히 공감이 갔나 보네.

"그래서 너희는 구체적으로 뭘 했지? 내가 그와 같은 정보를 얻었다고 해도 그다음에 어떻게 해야 '행방불명'이 되는지 짐작도 안 가는데."

"'키사라기역'이라고 알아?"

"? 뭐라고?"

머리에서 물음표를 발생시키는 내게 쿠로네코가 말했다.

"'키사라기역'은 인터넷에서 나온 포크로어(도시 전설)야. 전철을 타고 가다보니 어느새 '키사라기역'이라는, 현실에는 존재하지 않는 역으로 흘러 들어가게 되었다… 그런 이야기지."

"맞아. 그거, 그거."

만족스럽다는 듯이 크게 기뻐하는 하루카.

"그런 '이세계로 흘러 들어가는 이야기'는 도시 전설에선 기본이거든. 그중에는 이세계로 가는 구체적인 방법이나 절차가 나온 것도 있는데… 엘리베이터나 술래잡기, 잠들기 전의 의식 같은 것들이 있어. 맞지?"

나한테 묻지 마.

난 아무것도 모른다. 이런 걸 잘 알고 있을 쿠로네코를 보니 그녀는 눈을 빛내고 있었다.

"선배, '이누마키지마의 이세계담'도 같은 타임의 포크로어(도시 전설)야. 섬에서 특정 시간에 특정 장소에서 특정 행동을 하다가 마지막에 신사의 토리이를 넘는다, 그러면 이세계로 갈 수 있다, 그런 거였어."

"내가 아는 도시 전설 내용하고는 살짝 다르네. 언니한테서 들은 건… 토리이를 넘으면 '숨겨진 신사'에 갈 수 있다고…."

"!"

"…왜, 왜? 왜 그래?"

갑자기 표정을 굳힌 우리를 보고 하루카가 걱정스레 묻는다.

우리는 서로를 쳐다보고서 고개를 끄덕였다. 대표해서 쿠로네코가 말했다.

"우리, 얼마 전에 기묘한 체험을 했거든….'

"…그렇구나… 너희랑 처음 만난 게 거기였지."

이야기를 다 들은 하루카는 의외로 담담했다.

"쿠로네코는 알겠지만, '이누마키 신사'를 중심으로 한 팔방에서 '어떤 의식'을 하는 게 인터넷에 적힌 절차야. 하지만 언니는 추가로 신이 나서 뭔가를 해버렸던 거지. …오컬트 트러블을 일으키는 일에 있어서만큼은 전문가라서 말이야. 좀 더 주의를 했어야 했는데."

그렇게 반성점을 말한다.

"…절차를 마치고 토리이까지 왔는데… 굉~장히 불길한 예감이 들었어. 인터넷에서 조사했을 때 본 '이누마키 신사'와 전혀 달랐거든."

"…'히텐 신사'."

쿠로네코가 그렇게 중얼거렸고, 하루카가 고개를 끄덕였다.

"너희랑 만난 그 신사였어. 해가 높이 떴었는데 하늘은 어느새 저녁놀이 지고 있었고, 인기척은 하나도 없고, 목덜미가 찌릿찌릿한 게 이거 위험하다 싶었어. 전에 내가 죽을 뻔했던 저주받은 폐허보다 몇 배는 더 위험한 느낌이었거든."

이 녀석, 배틀 만화 주인공 같은 경험을 해왔구나.

"하지만 우리 언니는 그런 걸 모르거든. 공포 영화라면 제일 먼저 죽는 타입의 힘만 센 바보야. 난 필사적으로 언니를 말렸어. 위험하니까 돌아가자고 말이야. 절대로 이 토리이를 넘으면 안 된다고. 하지만 전부 역효과만 나서 그 인간은 '이게 '숨겨진 신사'가 틀림없어'라고 흥분을 해가지고, 내 말은 듣지를 않더라고….."

"…어떻게 됐어?"

쿠로네코의 질문에 하루카는 마치 사악한 마법사처럼 웃었다.

누군가를 연기하듯이….

"'흐음, 그렇게 내가 걱정되면 네가 먼저 넘어가'라고 토리이 쪽으로 날 밀쳐버렸다고! 그랬더니 갑자기 강한 현기증이 나더니….."

정신을 차리고 보니 아무도 없는 경내에 혼자 덩그러니 서 있었다고 했다.

"너희 언니 진짜 쓰레기다."

"그치! 그치! 또오~ 사고 쳤어어어~~ 라고요!"

내 솔직한 감상에 적극적으로 반응하는 하루카.

뭐냐, 쿠로네코와 키리노의 나쁜 점만 섞은 듯한 그 여자는. 너무 위험하잖아.

"아! 하지만! 가끔은! 아주아주 가끔은! 귀여운 점이나 좋은 점도 있으니까! 직접 만나보면 알 거야!"

반 흥분 상태로 옹호하기 시작하는 모습에 나는 순순히 사과했다.

"미안, 만난 적도 없는 사람을 나쁘게 말하는 게 아닌데."

"아, 아냐아냐! 나야말로 내가 먼저 말 꺼낸 건데….."

"딱 적절한 위치에서 중단되어서 매우 신경이 쓰이는데, 그래서 그 후에 어떻게 됐지?"

"아, 응. 아… 뒤를 돌아보니까 언니가 없어져서… 난 찾아야겠

단 생각에 무척 당황했어. 경내를 전부 다 뒤지고 사당 문도 열어봤
는데 언니는 어디에도 없었어."

"…흐음… 그 시점까지는 '언니가 없어졌다'고 생각한 거야?"

"그렇지. 현기증만 났을 뿐 내가 이동했다는 느낌은 없었으니까.
주위 풍경도 달라진 게 없었고. …'내가 이동했을 가능성'을 생각한
건 얼마 뒤에 부모님하고 연락이 안 됐을 때였어. 난 산을 내려와
근처 민가를 찾아갔거든. 거기서 전화를 빌려서 부모님한테 전화를
했어. 그런데 연결이 안 되는 거야… 혹시나 싶어서 신문 좀 달라고
해서 확인했더니…."

"과거 날짜였다고?"

"응."

"타임 슬립에선 기본적인 행동… 이지만 너… 정말 행동력 굉장
하다."

"그, 그런가?"

뭐, 쿠로네코 기준에서는 그런 감상이 들겠네.

이 녀석이었으면 민가를 찾아가 정보를 수집하는 건 절대 불가능
했을 거다.

하지만 실제로 중고생 여자애는 이렇게까지 원활하게 최적의 행
동을 선택하진 못할 거다.

나조차 하루카처럼 할 수 있을까 자신이 없었다.

"언니 덕분에 이 정도 위기에는 익숙해서… 물론 '과거로 날아가
는' 건 처음 경험한 거지만."

"우리랑 만난 건…."

"그 바로 직후였어. 경내를 다시 조사해봤는데 여전히 언니는 안

보이더라고. …그럼 오래갈 것 같으니까 일단 '의식주'를 확보해야 겠다 싶었지. 환금 아이템을 잡으려고 한 거야. 나무에 올라갔는데 그… 두 사람을 보고 동요해서 주르륵."

"떨어진 거구나."

"으으, 그땐 죄송했습니다…."

부자연스럽게 대사 중간에 경어로 바뀐 것 같지만, 뭐 됐고. 계속 진행하자.

"아냐, 괜찮아. 득 본 것도 있었으니까."

"우와… 변태다. 쿄우스케는 변태구나♪"

놀리듯이 나를 가리키는 하루카. 하는 말과는 반대로 뺨이 발그 레하다.

그렇게 귀여운 얼굴을 봐도 딱히 가슴이 뛰지 않는 게 신기했다.

그런데 지금 이 설명, 엄청난 요소를 일단 덮어두고 보면 조리에 맞는 것처럼 들리는데.

아주 약간의 위화감이 있었다. 하루카가 동요해서 떨어졌다는 부분이 그랬다.

이상 사태임에도 담담하게 역전의 용사처럼 최적의 행동을 취하던 하루카가 우리가 나타난 정도로 뭘 그렇게 동요할 게 있을까.

손이 미끄러져서 떨어진 이유로는 너무 약하다는 생각이 들었다.

하루카가 '미래의 쿠로네코'를 알고 있었다는 점을 고려하더라도 아직 부족한 것 같다.

"정리해보자. 억측이 섞이긴 했지만…."

쿠로네코가 손가락을 하나씩 세우며 말했다.

"하나, 우리가 만난 '히텐 신사'는 '키사라기역' 같은 '존재할 리가 없는 장소'이다. 둘, '히텐 신사'는 하루카의 시간 이동에 깊이 관련된 장소이다. 셋, 너희 언니로 인해 '숨겨진 신사'가 드러났고, 하루카가 미래에서 우리 시대로 오게 되었다. 그때 '이쪽 시대의 같은 장소'에 있었던 우리도 '히텐 신사'에 들어설 수 있었다. 넷, 오늘 우리가 '히텐 신사'에 가지 못한 건 다시 봉인되어버렸기 때문이다. …여기까지 네 의견과 다른 점이 있나?"

"거의 없습니다."

"그럼… 넌 어쩔 거야? 다시 같은 절차를 반복해 '히텐 신사'를 드러나게 할 거야? 그렇게 하면 돌아갈 수 있을까?"

"허락해준다면 너희랑 같이 좀 더 깊이 '섬의 전설'에 대해 조사할까 해. 왜냐하면… 어떻게 하면 이 상황을 해결할 수 있을지… 점을 쳐봤거든."

점의 기능이 진짜라면 당연한 행동이었다.

그보다 지금 깨달았다.

자신에 대해 점을 칠 수 있다면 하루카의 몇몇 기행도 설명이 되네.

잘 모르는 곳에서 '의식주'를 확보하기 위해 팔 방법도 알아내기 전에 투구벌레를 잡기 시작한 것, 기이할 정도로 신속하게 이상적인 알바 자리를 찾아낸 것 등등.

운이 좋았던 게 아니라 하루카는 점으로 어느 정도 자신에게 최적의 행동을 선택할 수 있는지도 모른다.

"자신에 대해 점을 쳐본 결과는?"

쿠로네코의 질문에 하루카는 타로 카드를 아무렇게나 한 줌 집어 탁자에 후루룩 뿌렸다. 그러고서 그윽한 눈으로 말한다.

"'왜곡을 바로 하라'··· 고만 나왔어."

"짧네. 우리 점 봤을 때에는 더 구체적이었잖아."

"정보가 부족하면 이래. 내 점은 잘 맞긴 하는데 만능은 아니거든."

"'왜곡'이란 뭘 가리키는 거지."

"내가 '과거'에 옴으로써 일어난 변화일 거야."

"훗··· 나비 효과란 거군."

이 단어를 굉장히 써보고 싶었는지 결정적 대사를 던지듯 쿠로네코가 말했다.

계속해서 해설을 이어나간다.

"'미래인이 과거에 왔다'··· 아무것도 안 해도 단지 그것만으로도 역사가 바뀌어버린다. 그런 왜곡을 바로 하라는 건가."

"아마도. 으음··· 다 설명이 됐네."

달변가인 쿠로네코에게 하루카는 살짝 질린 듯했다. 동료구나. 나도 그런데.

"아직 신경이 쓰이는 점이 있어. '왜곡'을 바로 하기 위해 어째서 우리랑 동행하겠다는 거지?"

"'섬의 전설'을 조사해 정보가 늘어나면 좀 더 자세한 점을 칠 수 있을 테니까. 좀 더 나은 행동 방침을 얻을 수 있으니까. 그리고···."

"그리고?"

"난 너희 합숙에서 일어나는 '사건'과 그 결과를 알고 있어."

"" ······.""

던져진 말에 나와 쿠로네코는 순간 말을 잃었다.

앞으로 우리에게 어떤 큰 사건이 일어난다… 그런 의미일까?

자칭 미래인의 발언이다. 가볍게 넘길 수는 없었다.

"내가 '과거'에 오게 돼서 아무것도 안 하면 사건의 결과가 바뀌게 될 거야. 그건 내게 굉장히 안 좋은 일이거든… 굉장히, 굉장히 치명적인 일이야. 그러니까 짧은 점으로도 확실히 알 수 있어. 나는 '원래 역사대로의 결과'를 지켜봐야 해. 그게 '왜곡'을 바로 하는 거일 거야."

"그거, 우리가 무슨 내용인지 물어봐도 되는 거니?"

"상황이 악화될 테니까 안 돼."

"그래. 그럼 안 물어볼게."

"'원래 역사대로의 결과'란 건 언제 알 수 있는데?"

"'히텐 축제' 밤. 그때까진 어떻게든 해야 해…."

큭큭큭… 하루카는 쿠로네코처럼 웃었다.

그러고서 갑자기 목소리에 힘을 주어 말했다.

"그러니까 내 방침! 너희랑 같이 '섬의 전설'을 조사한다! 그리고 오…."

"마음껏 '과거'에서 놀고 가자아…!"

의외의 발언이 튀어나와 나도, 쿠로네코도 말문이 막힐 정도로 놀랐다.

"큰일이 난 상황이잖아?"

"그렇지! 하루카 대위기인 거지!"

"놀고 있을 때야?"

"아니… 이런 기회가 또 어디 있겠어! 과거 세계로 타임 슬립을 했을지도 모른다니… 완전 설레는 상황이잖아!"

"그건 그렇긴 한데…."

곤란해하고 있다면 도와주거나 힘이 되어줘야겠다는 생각을 해야 하는 상황인데.

이 녀석, 여유가 넘치네.

"…잘 알았어. 넌 그런 아이구나."

"으히히, 조바심 낸다고 뭐 달라질 게 있겠어. 웃으며 가자고, 웃으면서."

하루카는 두 손의 검지로 보조개를 콕 찔렀다.

키리노가 좋아할 만한 그런 강렬한 포즈다.

"모처럼 불가사의한 체험을 하고 있는 거니까 철저하게 즐겨야지, 안 그러면 손해잖아! 그리고 돌아간 다음에 언니한테 마구 자랑해서 분하게 만든다는 사명도 있고. '리 언니! 나 과거 세계에 가서 엄청난 사람 만났다! 누굴 거 같아?'라고 말해줄 거야!"

리 언니라는 건 그녀의 언니를 말하는 거겠지. 쿠로네코의 동생인 히나타도 비슷한 별명으로 언니를 불렀었는데. 친근감 들어서 좋네.

…우리 동생은 나를 부를 때 '너'라고만 하지만.

문득 키리노의 얼굴이 뇌리에 떠오르고,

…'쿄 오빠♡'.

우와앗, 기분 나빠. 절대로 아니다.

내가 쓸데없는 생각을 하는 사이에 쿠로네코가 하루카에게 물었다.

"음, 아까부터 걸리던 게 있는데⋯."

"응? 뭔데, 뭔데?"

"네 반응⋯ 혹시 '미래의 나'는⋯."

"아, 아차차."

황급히 두 손으로 입을 막는 하루카.

"⋯역시⋯ 그 반응을 보고 확신을 가졌어."

"으, 아, 아아⋯ 저기, 그게 아니라."

더욱 당황하는 하루카. 확신을 확고히 하는 쿠로네코.

"훗⋯ 큭큭큭⋯ 역시 그렇구나⋯ 숨길 필요 없거든?"

쿠로네코는 천천히 한 박자 쉰 다음에.

"⋯'미래의 나'는 모두가 동경할 만한 위인이 되어 있지?"

"⋯⋯⋯⋯⋯⋯⋯⋯⋯⋯⋯⋯⋯."

하루카의 대답은 불편한 침묵이었다.

나는 '어? 아니었나?' 같은 얼굴로 멀뚱히 쳐다보는 쿠로네코의 어깨를 두드리고서,

"너는 이미 위대해."

이렇게 말했다.

카페를 나온 우리는 점심을 먹기 위해 '미우라장'으로 돌아갔다.

"⋯이상, 우리는 이랬습니다."

"호오, 제대로 취재했잖아."

회를 먹으며 우리의 보고를 듣는 부장.

부원들&하루카가 함께 식탁을 둘러싸고 오전 중에 있었던 일들에 관해 보고를 하는 시간.

물론 하루카가 말해준 '예의 일'에 대해서는 말하지 않았다.

뒤이어 축제 준비를 하던 아카기 일행의 보고가 있었다.

아카기를 제외한 오타쿠들은 입을 모아 '완전 힘들었다'느니 '너무 괴로워서 노예인 줄 알았다' 같은 불평불만을 늘어놓았다. 무거운 가마를 운반하고 장식을 다는 등 많은 일들을 한 것 같다.

어제까지만 해도 감돌던, '부장이 우리를 위해 굳이 도우미에 대한 말을 안 했다' '오히려 감사한다' 같은 분위기는 깨끗이 사라지고 없었다.

힘든 노역을 시킨 망할 안경에 대한 분노가 속출하고 있었다. 가장 많은 일을 했을 아카기만이 "진정들 해"라며 사람들을 달랬는데, 이 녀석은 진짜 좋은 녀석이구나 하는 인식을 새삼 갖게 되었다.

부장도 미안하다는 기색을 보였고.

"그, 그럼 오후엔 다 같이 놀까!"

"오, 그거 좋네요!"

다 함께 합숙을 왔으니 모두 같이 노는 건 대환영이다.

이의 없이 동의하는 나를 이어서,

"그럼 나, 재미있어 보이는 가게 찾았는데 다 같이 거기 가보지 않을래요?"

적절한 타이밍에 아카기가 손을 들어 제안했다. 부장을 도우려는 의도겠지.

다른 애들도 힘쓰는 일에 큰 도움이 되어준 사람의 제안이라서 동의했고, 오후에는 아카기의 인솔하에 놀기로 했다. 물론 하루카도 같이 가는 것 같았다.

"…후우….."

부장은 가까스로 처형을 면한 늑대인간 같은 모습으로 식은땀을 훔쳤다.

정말이지… 당신이 아카기한테 제일 고마워해야 한다고.

그리고.

아카기가 발견한 '재미있을 것 같은' 게 뭐였냐 하면.

"잡화점… 아니, 막과자 가게…?"

"응, 나 지금까진 이런 거 만화에서만 봤거든. 재미있을 것 같지 않아?"

그곳은 고풍스러운 개인 상점이었다. 녹슨 간판이 촌스러운 향수를 풍기고 있었다.

레트로 게임기 여러 대가 밖에 떡하니 놓여 있었는데 그중 하나를 들여다보니 요요 같은 무기로 싸우는 2D 액션 게임이었다.

오타쿠들이 "우와아" 하고 흥분하는 걸 봐선 유명한 게임인지도 모르겠다.

저 녀석들, 어디서든 게임을 한다니까. 역시 게임 연구회다워.

"왜 과자 파는 가게에 게임기가 있는 거야?"

"글쎄…."

나와 아카기가 서로를 쳐다보며 고개를 갸웃거렸다.

"우와, 옛날 격투 게임 종류가 다양하네! 루리, 싸우자!"

"어머, 격투 게임으로 나한테 이길 수 있을 것 같아?"

"우후후, 내 다이몬 님은 무적이라고. 동인지도 그리고 있고, 사랑의 차원이 다르다니까."

여자 부원 최강 게이머 결정전이 열리는 걸 옆으로 한 채 나와 아카기는 활짝 열린 미닫이문을 넘어섰다.

이 섬에 온 뒤로 계속해서 같은 표현을 쓰는 것 같아 미안하지만 … 역시 여기도 어두컴컴했다.

언제나 밝은 편의점이 그리워진다.

민가의 토방을 그대로 점포로 만든 것 같았다. 점포 부분의 바닥은 콘크리트로 안쪽에는 방이 보였다. 그곳에 자그마한 노파가 오도카니 앉아 있었다.

"……………."

어서 오세요란 인사도 없이 그저 앉아서 이쪽을 뚫어져라 건너다보고 있어서 무슨 요괴인 줄 알았다고. 아마 저 할머니가 가게 주인이겠지.

가게 안은 다양한 상품으로 혼잡했고, 기본인 막과자 외에 세제와 비누 같은 생활용품, 정체를 알 수 없는 장난감 등이 잡다하게 놓여 있었다.

"우와, 이 공중 회전하는 비행기 장난감 옛날 동영상에서 봤는데 ~~! 아, 이거 쇠팽이인가 하는 건가? 나 처음 봐~~ ♪"

하루카는 다양한 장난감에 연신 시선을 옮겨가며 새된 비명을 지르고 있었다.

그녀의 말을 믿는다면 그야말로 '옛날 옛적의 장난감'이니까.

우리보다 훨씬 크게 감동하고 있을지도 모르겠다.

…마키시마 하루카.

단순한 허풍선이도, 유쾌범도, 자기 생각에만 사로잡힌 중2병도 아닌 것 같은데 말이지.

카페에선 하루카에게서 충격적인 고백을 들었고, 쿠로네코가 재미있어해줬다… 나는 그걸로 충분히 뜻깊은 시간이었지만.

…물어봐야 할 건 아직 많이 남아 있어.

미래의 위인이신 쿠로네코 님께서는 그렇게 말씀하셨다.

시간 사정상 중단했지만… 조만간 다시 이야기를 하게 될 거다.

미래에 대해. 그리고 그녀에 대해서도.

"코우사카 선배, 밖에서 쇠팽이 대회 한대요!"

마카베의 목소리에 생각에서 깨어났다.

"응, 지금 갈게!"

뭐, 그래. 내가 하루카는 아니지만, 모처럼의 여름방학에 모처럼의 합숙이잖아.

온 힘을 다해 지금 이 순간을 즐기도록 하자.

쨍쨍 내리쬐는 햇살 속….

우리 게임 연구회&게스트 한 명은 막과자 가게 앞에서 옛날 놀이에 푹 빠져 있었다. 쇠팽이, 연날리기, 발포 스티로폼 비행기를 날리기도 하고, 고풍스러운 아케이드 게임을 하기도 하고, 물 풍선 싸움을 하기도 하고.

널찍하고 차 한 대 지나가지 않는 이곳이라서 가능한, 동네에선 할 수 없는 옛날 놀이.

아아, 신선하고 재미있다. 아카기 녀석, 잘했어.

놀다 지친 녀석은 가게 앞 벤치에 앉아 수박이나 빙수 같은 차가운 것을 먹고 있었다.

이렇게 말하는 나도 수박을 먹으며 휴식을 취하는 중이다.

문득 보니 쿠로네코가 격투 게임뿐만 아니라 쇠팽이에서도 세나를 쓰러뜨리고 기쁘게 폴짝거리고 있었다.

실내 대전 게임으로는 저런 모습은 보지 못했을 거다.

…쿠로네코 녀석, 쇠팽이도 잘하다니.

손재주가 중요한 놀이라면 뭐든 못 하는 게 없는지도 모르겠다.

"후우."

고개를 들어서 보니 구름 한 점 없는 파란 하늘. 시끄러운 매미소리. 물 풍선으로 얻어맞는 부장의 비명.

"아아…."

…여름방학이란 느낌이다.

"여름방학! 이란 느낌이네!"

마침 내가 생각하던 것과 같은 말을 던지며 하루카가 다이내믹한 동작으로 내 옆에 걸터앉는다. 사각 하고 들고 있던 수박을 깨물어 먹고선 파란 양동이에 씨앗을 날린다.

"너, 이런 여름방학 보낸 적 있어?"

"으히히, 게임에서는 있을걸."

"그렇겠지… 나도 시골에 갔을 때 정도… 그러고 보니 나도 처음인 것 같네."

올여름은 특별하다.

많은 일들이 처음인데 왠지 향수가 느껴졌다.

아마 하루카도, 쿠로네코도, 다른 아이들도 모두 같은 심정일 거다.

"하루카, 너… 몇 년생이야?"

마침 주위에 사람이 없어져서 아까 물어보지 못했던 걸 물어보았다.

미래에서 왔다는 게 사실이라 치고, 얼마나 먼 미래인지 궁금했다.

"그건 말이지."

그 질문에 하루카는 이히힛 하고 웃으며 이렇게 대답했다.

"금지 사항입니다."

"? 그게 무슨 소리야?"

"어? 몰라? 이 시대에 유행했던 '미래에서 온 미소녀'가 하는 유명한 대사일 텐데."

"몰라. 난 그런 거에 둔하거든. …그래서, 무슨 의미인데?"

"'이유가 있어서 말할 수 없습니다'라는 의미야. 내 경우에는 누가 금지하거나 하는 건 아니지만… 말하지 않는 게 좋을 것 같은 일은 말 안 하기로 했거든. …타임 슬립 창작물에선 과거에 미래의 지식을 가져가서 큰일이 벌어지거나 하잖아? 그런 거랑 비슷한 거야."

그러니까 금지 사항입니다… 라고, 하루카는 검지를 입술에 대고 윙크를 날렸다.

나를 제외한 남자라면 누구라도 매료될 만한 동작이었다.

흐음…? 하루카의 생년월일이 금지 사항이라.

'마키시마 하루카'라는 가명을 쓰는 것도 같은 이유에서라고 친다면.

과거의 인간··· 내게 전하지 않는 게 좋은 정보.

'왜곡'이라는 게 강해질 만한 정보.

···뭘까? '역사가 바뀌어버릴' 만한 일일까?

아무리 생각해도 모르겠다.

"그래, 그럼 안 물어볼게."

"미안."

"괜찮아. 아, 그런데 '점으로 전하는' 건 괜찮은 거야?"

"무례하네. 그건 미래 지식으로 대답하는 게 아니라고. 제대로 점을 쳐서 본 것만 말하는 거란 말이야."

치이 하고 뺨을 부풀리는 하루카. 그녀는 다리를 툭 던지는 오버액션과 함께 자리에서 일어나더니 "놀고 오겠습니다!" 하며 사람들이 있는 곳으로 달려갔다.

게임 연구회 녀석들은 이번엔 물총 싸움을 하고 있었다. 부장 편은 아무도 없어 울분을 푸는 듯한 집중포화를 당해 흠뻑 젖어 있었다.

비쩍 마른 사내 녀석의 반투명 셔츠라니, 그걸 누가 좋아하냐!

그런 전장으로 향한 하루카는 자신의 물총을 확보하자마자 바로 물을 충전하더니,

"쿠로네코···! 열세인 쪽을 도와주자···!"

"큭큭큭··· FPS로 단련된 내 실력을 선보여줄 때가 온 것 같군······."

두 사람이 참전한 것을 계기로 점점 인원이 늘어났다.

"하하, 다들 어린애로 돌아간 것 같네. ···야, 코우사카, 우리도

가볼까!"

가까이 다가온 아카기가 충전 완료한 물총 한 자루를 내게 던졌다.

나는 그걸 받아 들고서,

"좋았어, 그럼 난 너랑 다른 팀이다!"

제일 가까이에 있던 아카기의 얼굴에 기습 사격을 날렸다.

"이 자식… 코우사카, 너~~~!"

"하하하하! 방심한 사람이 잘못이지!"

어른스럽지 않고 지기 싫어하는, 장난치길 좋아하고 자신이 넘치는….

그런 못된 꼬마였던 시절의 나로 돌아가 해가 질 때까지 실컷 놀며 즐겼다.

…그렇게 긴 하루가 오늘도 끝나간다.

무한하게 느껴졌던 저녁놀이 언제 밤으로 바뀌었는지.

의식할 수도, 기억해낼 수도 없었다.

합숙 이틀째 심야.

줄을 맞춰 깔아놓은 이불 중 하나에 나는 엎드려 있었다.

베개에 턱을 얹고 앞을 보니 사내 녀석들의 숨 막히는 면면들이 보인다.

조금 전까지만 해도 이 자세로 카드 게임을 하며 놀고 있었는데 피곤했는지 어느새 부원의 반 이상이 잠들어버렸다.

아카기가 자리에서 일어나 끈을 잡아당겨 불을 끈다.

그러자 마치 수학여행 밤, 모두 함께 얼굴을 맞대고 괴담을 나누던 자세가 되었다.

"…아, 아직 안 자지?"

아카기가 일어난 자세로 목소리를 낮춰 말했다.

나는 살짝 상체를 일으켜 '안 자고 있다'는 뜻을 전했다.

그러자 그는 씨익 웃고선 이렇게 말했다.

"좋았어, 그럼 안 자는 애들끼리 연애 이야기를 하자."

"무슨 여자도 아니고."

"바보야, 남자도 이 정도는 한다고."

그런 이야기를 하는 사이에 슬금슬금 사내 녀석들이 모여들었다.

참고로 마카베가 잠든 이불은 내 위치에서 정면에 있었는데….

아카기가 잠든 마카베를 엉덩이로 깔고 앉을 기세로 털썩 주저앉았다.

"우웁…! 무, 무슨 일이죠?!"

"야, 야. 조용히 해. 애들 깨겠다."

"아, 아카기 선배가 절 의자로 써서…! 아, 진짜 무거워요…! 진짜 왜 이래요!"

아카기 녀석, 마카베한테만 태도가 날이 섰네.

아마 그와 세나와의 관계를 신경 쓰는 거겠지만… 아무리 그래도 좀 심하잖아.

이 녀석은 반면교사다. 나는 여동생에게 남자친구가 생겼을 때 꼭 쿨하게 대해야지.

어려울 게 뭐가 있겠어. 오히려 그런 동생을 데려가줘서 고마운 마음이지.

심각한 시스터 콤플렉스인 아카기는 후배 위에서 팔짱을 꼬고서 그의 질문에 대답했다.

　"다 함께 연애 이야기를 하려는 참이다. 학생들 여행의 기본이잖아… 자, 첫 타자는 마카베다."

　"네에에!"

　"야, 너 솔직히 말해. 세나 노리고 있지? 응?"

　"아카기, 너 그거 묻고 싶어서 연애 이야기 시작했지."

　보다 못해 핀잔을 주자 '당연하지'라는 얼굴로 멀뚱히 쳐다본다.

　마카베는 숨 막힌다는 목소리로 대답했다.

　"…노린다기보다는… 신경 쓰이는 사람… 이에요… 아야야야야야!"

　아카기 녀석, 프로레슬링 기술을 걸어댄다.

　"뭐, 뭐라고? 다시 말해보지?"

　"아카기 세나 씨는 제게… 신경 쓰이는 사람입니다아아아아아아악!"

　마카베, 근성 있구나. 저거 많이 아플 텐데.

　"흐음, 신경 쓰이는 사람이라고."

　한편 아카기는 도깨비 같은 모습이었다.

　"어이, 마카베. 세나의 '그 취미'를 알고서… 그런데도 그런 말을 하는 거냐?"

　"다, 당연하… 죠…! 오히려, 그래서 더, 그래요…."

　"무슨 말이지?"

　말을 하며 관절 공격을 하는 아카기.

　마카베는… 오♡ 오♡ 같은 묘하게 요염한 비명을 지르며 사이사이에 의사를 전하려고 노력했다.

"저도, 오타쿠라서… 같은 처지… 니까… 그런… 취미를 오픈할 수 있… 는 관계가, 좋… 잖아요!"

"아항, 부녀자라도 상관없으니 오타쿠 여자랑 사귀고 싶으시다?"

"그건… 반… 이에요."

"뭐?"

"나머지… 반은… 논리가 아니라… 같이 동아리 활동하면서… 그녀의 매력을 알게 돼서… 좋아하게 된… 거… 우욱!"

아카기의 한층 더 강한 공격에 꾸에엑… 비명을 지르는 마카베.

"나도 알아. 내 동생은 완전 끝내주게 최고니까…."

아카기는 마카베의 몸에서 내려와 자기 이불 위에 요란하게 드러누웠다. 그러고선 이런 말을 날렸다.

"쉽게 사귈 수 있을 거라 생각하진 마라."

"…물론이죠."

이제 1번 타자의 연애 이야기는 끝났나.

그렇다면….

"이번엔 코우사카 선배 차례예요."

"어, 나?"

마카베의 지명에 당황했다. 부장이 포복 전진으로 다가왔다.

"시치미 떼지 마. 이제 그만 고코우와의 진척 상황에 대해 말해 보시지. 다들 궁금해하고 있다고… 이 합숙에서 조금은 진전이 있었냐?"

"아, 코우사카 선배, 마키시마 씨와의 관계도 자세히 말해주세요. 도대체 어디서 그런 미인하고 알게 된 겁니까?"

"마카베, 너 세나를 노리면서 다른 여자한테도 눈길을 주려는 거냐?"

"아, 아니에요, 아카기 선배! 하, 하지만! 코우사카 선배랑 마키시마 씨 관계가 궁금하잖아요?"

"궁금해." "궁금하다."

…이 인간들이.

"…참 나… 하지만 관계랄 것까지는…."

'예의 건'까지 포함해 딱히 이야기할 만한 건 없는데.

"하루카와는 그냥 친구인데…."

"벌써 친근하게 이름으로 부르는데 '그냥 친구'?! 그런 변명이 통할 줄 아세요?!"

마카베 너, 아카기한테 당한 분풀이를 나한테 하려는 거 아니냐?

"변명하는 거 아냐. 고코우랑 하루카가 잘 맞아서 걔네들이 처음 만날 때 같이 있었으니까… 그런 상황에서 나도 그냥 편하게 부르게 된 거라고. 진짜 그게 다야."

"뭐야… 그런 거였군요."

"아무리 그래도 너무 친한 거 아냐?"

마카베는 납득을 해준 것 같았지만 아카기는 아직도 의심하고 있었다.

"그 점에 대해서는 나도 신기하다. 뭐랄까, 하루카는 이상하게 친근감이 든단 말이지."

"죽이 잘 맞아서?"

"그럴지도 모르지. 성스러울 정도의 미인인데 벽이 느껴지지 않는달까, 자연스럽게 대화를 할 수 있달까, 지켜줘야 할 것만 같달까… 뭐라고 표현은 잘 못 하겠는데."

"흐음… 네가 웬일이냐."

"그러게나 말이야."

나는 학교에서도 이성 친구는 적은 편인데.

"그럼 이번엔 내 질문이다."

부장이 조금 전의 질문을 다시 꺼냈다.

"코우사카, 고코우와의 진전은?"

"…있는 것 같기도 하고 없는 것 같기도 하네."

"딱 부러지지 않는군… 같이 관광도 했잖아?"

"그렇긴 한데요, 걔는 전설 풀이에 푹 빠져서… 오후에는 쭉 그런
쪽이었거든요… 그리고."

"그리고 뭐?"

"저도 걔가 노력하는 모습을 응원하고 싶은데요… 연애 감정이
있느냐 하면 저 스스로도 잘 모르겠어요. 지금 전 충분히 즐겁고 지
금 이대로의 관계라도 괜찮지 않을까 하는 생각도 솔직히 있긴 하
거든요."

관계를 진전시키려다가 실패하면 무섭잖아.

같이 있으면 즐겁다. 늘 옆에 있고 싶다. 지금과 같은 시간이 계
속 이어졌으면 좋겠다.

그러니까 더더욱.

쿠로네코와 기껏 이렇게 친해졌는데….

큰 실수를 해서 망치고 싶지 않았다.

그런 두려움이 내게 약한 소리를 하게 만든다. 거짓말은 아니지
만 아마 진심도 아닐 거다.

"고등학생이라면 누구라도 상관없으니까 여자랑 사귀고 싶다고 생각하지 않나?"

아카기가 그런 말을 했지만 나는 반대로 받아쳤다.

"넌 어떤데? 사귀려고 마음만 먹으면 사귈 상대는 얼마든지 있었잖아."

"나? 아아… 지금까지는 동아리 활동이 재미있어서, 누구랑 사귀느라 시간이 줄어드는 게 싫었어. 그리고 3학년이 돼서 은퇴하고 나니 그럼 누구라도 좋으니까 사귀어볼까, 이것도 좀 아니잖아. 입시도 있고. 좋은 만남이나 계기 같은 게 있다면 생각해볼게."

"흐음…."

"그러니까 지금은 여자친구 사귀는 것보다 너랑 노는 게 더 중요하다."

그렇게 남자들의 연애 이야기를 하고 있던 때였다.

굉장히 적절한 타이밍에 여자들 방에서 "꺄악…!" 하는 환성이 들려왔다.

오싹한 한기가 든 건 세나의 목소리였기 때문이었다.

우리는 동시에 벽을 보았다가 뒤이어 서로를 쳐다보았다.

"야, 지금 그 썩어 빠진 포효는…?"

"내 동생 목소리에 청마법 같은 이름을 붙이지 말아주겠어?"

"…아니, 그보다 다른 데서도 목소리가 들리지 않았나?"

"어? 그러고 보니… 야, 마카베, 너 움직임이 수상하다?"

"아니, 그게…."

"말해! 방금 배 아래에 숨긴 거 꺼내봐!"

엎드려 그에게 다가가자 마카베는 통화 상태인 휴대전화를 숨겨서 갖고 있었다.

"너, 너… 이, 이건… 설마!"

"…세, 세나 씨가 '남자 방에서 연애 이야기 시작되면 몰래 전화 걸어'라고 해서요."

"너 왜 세나를 이름으로 부르는 거야!"

"아, 아카기 선배랑 헷갈리니까 이름으로 부르고 있을 뿐이에요!"

"거짓말 마. 이름을 부를 구실로 쓴 거잖아, 이 엉큼한 놈아!"

아카기가 마카베의 목을 조르고 있었지만, 이쪽은 그게 중요한 게 아니었다.

교살을 당하고 있는 그의 얼굴을 두 손으로 잡고 황급히 물었다.

"야! 언제부터야! 언제부터 전화했어!"

"제 차례가 끝나자마자 바로요오오오오오…!"

그렇다… 여기에 통화 상태의 전화기가 있다는 건… 우리의 연애 이야기가 여자 방으로 다 전달이 됐단 의미였고….

"으아아아아아아아아아아아아악!"

큰일이다아아악~~~!

나, 여자들이 들으면 안 될 위험한 말은 아직 안 했지!

말하기 전에 아카기 이야기로 옮겨갔지!

아아… 다행이다. 아카기가 세나가 오해할 만한 발언을 해줘서 정말 다행이야.

그대로 연애 이야기를 계속했다면 난 이야기 흐름상 '쿠로네코를 좋아한다' 같은 말을 했을 거다. 그리고 그 발언을 본인이 듣게 됐을 거고.

그렇게 되면 어색해서 걔 얼굴을 어떻게 보냐고!

"하아… 후우…."

겨우 마음을 진정하고 있는데….

"…코우사카 선배… 이, 이걸…."

마카베가 숨을 헐떡이며 휴대전화를 내밀었다.

그의 의도를 알아차린 나는 그걸 받아 들고 귀에 댔다.

그러자.

『아, 코우사카 선배? 저예요.』

"왜? 마카베라면 네 계략 때문에 너희 오빠 손에 죽어가고 있다."

『그건 상관없고요.』

세나는 비밀 이야기를 하듯 목소리를 낮췄다.

『루리가 침울해하는 것 같으니까… 나중에 잘 챙겨주세요.』

"어? 왜, 왜…."

『…하아… 자기가 한 말을 잘 생각해보라고요.』

바보야, 이렇게 꾸짖는 목소리와 함께 통화가 끊겼다.

이튿날 아침….

우리는 민박집 마당에 모여 라디오 체조를 하며 몸을 풀었다.

축제 준비로 근육통을 호소하는 인간, 햇볕에 탄 피부가 아프다는 인간, 잠에 취한 눈을 비비는 인간.

각양각색의 상쾌한 아침이다.

하루카는 보이지 않았다. 그러고 보니 아까 서둘러 나가는 것 같던데….

작동한다는 사실이 신기할 정도로 낡은 라디오에서 그리운 음성이 들려왔다.

"나, 이거 초등학생 때 이후로 처음 해봐."

몸을 움직이며 자연스레 쿠로네코에게 말을 걸어보았지만….

"……………."

무, 무시당했다….

"야, 야…."

"……………."

이번엔 노골적으로 시선을 돌린다.

어, 어라…? 이상하네….

뭔가 화나게 할 만한 짓을 한 기억은 전혀 없는데.

…자기가 한 말을 잘 생각해보라고요.

모르겠어, 세나아아아~~.

제길, 왜 여자는 왜 하나같이 말을 똑바로 안 하는 거냐고.

그때 뇌리를 스친 건 매번 의도를 알 수 없는 언행으로 나를 휘둘러대시는 동생의 얼굴이었다.

…걔보다야 낫지!

짝 하고 두 손으로 뺨을 때리고서,

"…야."

나는 다시 한번 쿠로네코에게 말을 걸었다.

"네가 이상하게 구는 거, 내가 뭔가 일을 쳐서 그런 거지? 미안. 그게 뭔지 아무리 생각해도 모르겠다. 모르니까 사과할 길이 없어. 그러니까… 가르쳐줄 수 없을까?"

"…미안."

쿠로네코가 들려준 것은 사죄의 말이었다.

"세나가 무슨 말을 했는진 모르지만… 넌 아무 잘못 없어. …내가 멋대로 고민하고 있는 거지."

"…그, 그래?"

"응, 금방 나을 테니까 신경 쓰지 마."

쿠로네코는 그렇게 말하고서 힘없이 웃었지만….

신경 쓰지 않는다는 건 절대로 불가능하다. 만약 정말로… 내가 잘못한 게 없다고 하더라도.

걱정되잖아. …다른 사람도 아니고 너인데.

그런 속마음을 그대로 말로 표현할 용기가 있었다면 거기서 해결됐을 문제였을지도 모르겠다.

"오늘은 어떡할 거야? 오후부턴 다시 조사할 거야?"

이때의 나는 무난한 질문으로 상황을 지켜보자는 선택을 했다.

"그래. 그런데…."

쿠로네코는 어색하게 라디오 체조를 따라 하며 대답해줬다.

"오전에는 낚시를 할까 해."

"낚시? 바다에서?"

이야기하던 것과는 상관없는 거지만… 얘, 몸 딱딱하구나. 너무 운동 부족인 거 아니냐….

"응, 맞아. 조금 혼자서 생각하고 싶은 게 있어서…."

"…그래."

단독 행동을 하겠다고 강조하는데 '나도 따라가도 돼?'라고 물어보기 꺼려져 더 이상 아무 말도 할 수 없었다.

방으로 돌아온 뒤에도 한참 동안 답답해하고 있다가….

"잠깐 나갔다 올게!"

노트북에다 뭔가를 열심히 쓰고 있던 마카베에게 그렇게 말하고

선 나는 민박집을 나섰다.

바다를 향해 걷는다. 처음에는 종종걸음으로, 점점 뛰는 걸음으로.

언덕에서 굽어보는 바다는 오늘 아침도 멋졌다.

아침 햇살이 수면에 반사되어 눈부시게 빛나고 있었다.

탁하던 마음이 행동을 시작하자마자 맑게 개는 게 느껴졌다.

나는 지금 하고 싶은 일을 하고 있다는 확실한 자각이 있었다.

그 녀석에게 간다. 그렇게 결정하자마자 이렇게 됐다.

…역시 나는 쿠로네코를….

점점, 조금씩 내 감정이 확실해진다.

그게 기분 좋았다.

"자아, 쿠로네코는 어디까지 갔을까."

바다는 사방에 있고, 녀석이 어디서 낚시를 하고 있는지는 알 길이 없다.

제일 먼저 향한 곳은 우리가 섬에 상륙했던 그 항구다.

항구 옆에는 해수욕장이 있을 테니까 바다의 집에 가서 낚시를 할 수 있는 곳을 물어보기로 하자.

목적지에 도착했다.

주변을 둘러보았지만 쿠로네코는 보이지 않았다.

내가 자주 가는 치바 바다에 비해 해수욕객은 적었다.

이 섬이 관광지가 아니라서 그럴까.

전혀 혼잡하지 않아 시야가 탁 트여 마치 천국처럼 상쾌했다.

낯익은 게임 연구회 부원들이 수박 깨기를 하며 놀고 있었다.

그런 광경을 뒤로한 채 나는 성큼성큼 모래를 박차며 바다의 집으로 향했다.

"실례합니다."

낚시터가 어딘지 물어보기 전에 마실 거라도 사두려고 옥수수를 굽고 있는 여자 점원에게 뒤에서 말을 걸었다.

그러자 그녀는 뒤를 돌아보며.

"어? 쿄우스케잖아. 어서 와."

"어, 하루카… 너, 여기서 뭐 하냐?"

"물론 알바 하는 중이지."

이힛 하고 편하게 웃는 하루카.

…어제도 비슷한 대화를 나눴던 것 같은데….

지금 하루카는 비키니에 얇은 겉옷을 걸친 게 전부인 복장이라 눈을 어디에 둬야 할지 난처했다.

내 시선을 눈치챈 그녀는 자신의 가슴팍으로 시선을 떨어뜨렸다.

"응, 이 수영복? 좋지~? 여기서 파는 거야. 홍보를 겸해 싸게 넘겨받았어."

그러더니 하루카는 새빨개진 얼굴로 씨익 웃었다.

그런 부끄러워하는 건지, 놀리는 건지 알 수 없는 얼굴로 말한다.

"쿄우스케~. 지금 내 가슴 야한 눈으로 봤지?"

"아, 안 봤거든!"

"알았어, 알았어. 남자라 이거지. 성스러운 미소녀의 수영복을 입은 모습에 넋을 잃는 건 어쩔 수 없는 일이지. 어쨌든 나는 성스러우니까! 으히히히…."

어제 대화, 너도 듣고 있었냐! 으아아… 부끄러워!

제길, 아주 신나는, 꼭 키리노처럼 웃고 있잖아.

"그래, 이 수영복 어때! 나, 스타일에는 꽤 자신 있는데!"

"그, 글쎄다!"

나는 시선을 그녀의 가슴에서 확 떼어내고서 화제를 바꾸려 했다.

"알바면… 카페는?"

"오늘은 쉰대. 그래서 여기서 알바 하는 거야."

"아, 그래. 씩씩하네."

바다의 집의 상품 선반을 보니 해수욕 용품에 섞여 투구벌레와 사슴벌레를 팔고 있었다. …저건 아마 그런 거겠지.

"그런데 쿠로네코 못 봤어?"

"못 봤는데, 왜?"

"지금 좀 찾는 중이라서. '낚시하러 간다'고 했으니까 여기에다 물어보면 알 줄 알았는데… 너는 이 섬 출신이 아니라 낚시를 할 만한 장소를 모르겠지."

"아는데."

"진짜?!"

"항구에서 어부 아저씨들이 알려줬어. 물고기 잡아서 팔 수 없을까 싶어서. 안 된다고 했지만."

대화 능력의 괴물이냐. 슬로 라이프 게임의 주인공 같은 여자구나.

"그리고 낚시터는… 저기야."

하루카는 손가락을 들어 가르쳐주었다.

"바닷가를 따라 걸어가면 낚시하는 사람들이 보이니까 금방 알 수 있을 거야."

"가볼게. 고마워."

"네. 오후까지 쿠로네코랑 화해하라고."

"다 알고 있었냐."

"여자니까요."

"그럼 여자가 기분이 좋아질 만한 음료 좀 줘."

500엔짜리 동전을 던지자 하루카는 오른손으로 능숙하게 잡아냈다.

"그런 게 어디 있어. …라무네 괜찮아?"

"응."

"알았어."

하루카는 냉장고에서 라무네를 두 병 꺼내 한 손에 들고 내게 건네줬다.

그걸 받아 들려는데….

병이 하루카의 손에서 미끄러지듯 떨어져 모래 위를 굴렀다.

째앵 하는 소리. 떨어지면서 병과 병이 부딪쳐 깨졌나 보다.

라무네가 모래사장에 얼룩을 만든다.

"으아… 사고 쳤네. 이상하네… 단단히 잡고 있었는데…. 미안! 지금 새거 꺼내줄게!"

"…하루카… 너…."

"응? 왜?"

하루카는 멀뚱히 동작을 멈춘다. 덕분에 그게 잘 보였다.

"그 손…."

"손?"

역시 잘못 본 게 아니었다. 나는 멍하니 입을 열고서.

"투명하지 않나?"

"!"

하루카가 움찔 떨며 오른손을 황급히 눈앞으로 치켜들었다.

아름다운 얼음처럼 손바닥만이 투명해서 맞은편이 훤히 보였다.

"으악! 이게 뭐야!"

"…투명하군."

"…투명, 하네."

뚫어져라… 하루카의 투명한 손바닥 너머로 우리는 서로를 응시했다.

"저, 저기… 이거."

나는 하루카가 했던 말을 떠올렸다.

『내가 '과거'에 오게 돼서 아무것도 안 하면 사건의 결과가 바뀌게 될 거야. 그건 내게 굉장히 안 좋은 일이거든… 굉장히, 굉장히 치명적인 일이야.』

지금 그녀에게 '치명적인 일'이 일어나고 있는 게 아닐까.

당장에라도 온몸이 '투명해'져 사라지는 게 아닐까.

"…윽."

강한 한기와 공포를 느꼈다.

동생이 이제 일본에 없다. 더는 만날 수 없다.

그 말을 들었던 '그때'와 흡사한 동요가 내 피부에 소름을 돋게 만들었다.

정신을 차리고 보니,

"쿄우스케!"

키리노가 아닌 하루카의 얼굴이 바로 코앞에 와 있었다.

"우왓!"

놀라서 펄쩍 뛰는 내게 그녀는 말했다.

"아하, 너! 나한테 반했지…!"

"뭐어?!"

하루카는 눈을 질끈 감고 비키니를 입은 가슴팍을 팔로 가렸다.

"크으윽… 방심했어~. 설마… 네가 내 수영복 입은 모습에 뇌쇄 당하게 될 줄이야…. 물론 나도 좀 대담하다고 생각하긴 했지만… 쿄우스케를 한순간에 유혹해버리다니, 난 내 매력을 과소평가했어 …. 오랜 명작 영화의 에피소드를 떠올리고서 경계하고 있었는데… ….."

"무슨 말인진 모르겠지만 반하지 않았다고!"

진지한 분위기 돌려줘!

나는 속으로 그렇게 핀잔을 줬지만, 하루카의 가벼운 분위기는 거기까지였다.

"으으… 어, 어떡하지….."

풍선에서 바람이 빠지듯이 급속도로 침울해진다.

"야, 야… 괜찮아?"

고개를 숙인 그녀를 걱정하는데 하루카가 고개를 들지 않고 속삭 이듯 묻는다.

"쿄우스케… 정말로 나한테, 반한 거 아니지?"

"자꾸 같은 말 하게 할래?"

"미안… 하지만… 확인 좀 하게 해줘. 쿄우스케는 무슨 일이 있어도 나한테 연애 감정을 가지진 않을 거라고… 약속해줘."

중요한 일이라고 생각되었다.

그래서 나는 시간을 들여 자문자답했다.

그러고서 단호하게 말했다.

"약속할게. 무슨 일이 있어도 난 너한테 연애 감정을 가지지 않아."

"…고마워. 믿을게. 그럼…."

나는 약간 긴장한 채 그녀가 할 말을 기다렸다.

내 동생이 어려운 문제를 털어놓을 때와 같은 분위기를 느꼈기 때문이었다.

하지만 하루카의 입에서 튀어나온 말은….

"위로해줘."

"네?"

"우울해져서 위험한 상황이니까 날 위로해줘."

꽤 여유로운 거 같은데.

그래도 우울해진 건 사실일 테니까.

나는 아주 오래전… 동생에게 해줬던 것처럼.

한 손을 머리에 얹고 쓰다듬어주었다. 아니, 사실 달리 건드릴 만한 데가 없었다.

이 녀석, 수영복 차림이니까. 그러자….

그녀는 고개를 숙인 채 내 몸에 팔을 감고서 꼭 끌어안았다.

"야, 야…."

"이렇게 해도 넌 나한테 반하지 않을 거지? …그럼 10초면 되니까. 그러고 나면 평소와 같은 하루카로 부활할 거니까. …조금만…

충전하게 해줘."

"……………."

커다란 가슴으로 누르고 있는데도 전혀 그런 기분이 들지 않았다.

하루카의 목소리가 짜증 나는 누군가와 겹쳐 들렸다.

나는 순순히 그녀의 머리를 쓰다듬어주었다.

마침내 10초가 모두 흐르고 나서 하루카가 고개를 들었다.

거기에는 그녀다운, 왠지 그리움이 느껴지는 익숙한 미소가.

"이제 됐어?"

"응, 고마워."

그녀는 천천히 몸을 떼려고….

"……."

하다가 온몸을 굳혔다.

"?"

뒤에 뭐가 있나 싶어서 나는 뒤를 돌아보았다.

그러자….

"…뭐 하고 있는 거지?"

진지한 얼굴의 쿠로네코가 서로 끌어안고 있는 우리를 지켜보고 있었다.

■Nae yeodongsaengi irerke guiyeoul riga upser ⑮
kuroneko if

제 **4** 장

작열하는 태양이 머리 위에서 쏟아지는 정오.

점심을 먹고 난 나, 쿠로네코, 하루카 세 사람은 '섬의 전설'을 조사하기 위해 관청으로 향했다.

그 중간….

"그, 그러니까! 아까 그건 오해라니까! 쿄우스케는 내가 우울해하는 걸 걱정해서…."

"자꾸 말 안 해도 다 이해해."

"하, 하지만 쿠로네코, 아직 화났잖아?"

"화 안 났어."

"화, 화났는데."

끈질기게 말을 거는 하루카와 똑바로 앞만 보고 걸어가는 쿠로네코라는 구도가 내 눈앞에서 펼쳐지고 있었다.

보다시피 바닷가에서의 오해는 이미 풀린 뒤다. 그 즉시 설명했으니까.

그런데….

쿠로네코는 오해가 풀린 뒤에도 왠지 기운이 없어 보였고, 이렇게 같이 행동하면서도 말을 걸지도 않고, 눈도 마주치려 하지 않았다.

내가 말을 걸면 일단 대답을 해주긴 하는데….

아침보다 훨씬 더 어색한 상황이었다. 어떻게든 해야 한다는 조바심만 커져간다.

그리고 문제는 나와 쿠로네코의 관계만이 아니었다.

"하루카, 지금은 그런 이야기를 할 때가 아니야."

그렇다.

"너… 설마 존재가 사라지고 있는 거 아냐?"

나는 바닷가에서 그녀의 손바닥이 투명해 보이는 걸 목격했다.

그건 쿠로네코가 지금 말한 것 같은 현상일 거다.

그녀가 무슨 실수를 해서 '왜곡'이라는 게 강해진 경향이 아닐까.

마술 같은 건 절대로 아니다. 내가 이 눈으로 봤으니까. '믿는 척을 하겠다'고 했지만… 이젠 60퍼센트 이상 믿고 있다.

"괜찮아. 이젠 투명하지 않은걸."

하루카는 오른손을 들어 보여줬다.

"일단 지금 바로 사라지는 것 같진 않으니까. 애초에 사라지는 게 나한테 나쁜 건지도 모르는 거고. …소멸할 징조가 아니라 귀환할 징조일지도 모르잖아?"

괜찮아, 괜찮아 하고 가볍게 말하며 웃는다.

이건 본심이 아니군. 우리를 안심시키려는 연기로밖에 안 보인다.

쿠로네코도 그것까지 알고 있어서 굳이 추궁하지 않았다.

"뭐가 원인인지 짚이는 건 없어?"

"굉장히 많지만 설명을 못 하겠네."

"그래. 그럼 우리가 해줄 수 있는 건?"

"지금은 예정한 대로 조사를 계속해주는 걸로도 충분히 고마워! 걱정 마! 분명히 잘될 거니까!"

하루카는 씩씩하게 말했다.

몸이 투명해진다는 기이한 상황을 겪었는데도 하루카는 망설임이 없었다.

확신을 갖고서 행동하고 있다. 그게 태도에서, 말투에서 전해졌다.

이거 참, 답답하네.

신경을 써주고 싶은데 나도, 쿠로네코도 하루카에게 딱히 해줄 게 없었다.

"그래. 그럼… 우리가 해줬으면 하는 게 생기면 편하게 말해줘."

"고마워… 그렇게 할게."

대화를 하다 보니 관청에 도착했다.

"일단 사진부터 찍자."

이런 때에도 합숙을 온 목적을 잊어선 안 된다.

관청 외관을 몇 장 촬영하고서 다시 건물을 올려다보았다.

내가 잘 아는 치바 시청에 비하면 세로로도, 가로로도 정말 작다.

굳이 말하자면 동네 우체국 같은 인상이다.

우리는 건물에 들어서선 관내 지도를 확인하고서 계단을 이용해 2층으로 올라갔다.

목적지는 복도 막다른 곳에 있었다

"여기가 도서실이군."

그곳은 한마디로 말하면 '우리 고등학교 도서실' 같은 곳이었다.

딱히 넓지도 않고 좀 답답한 인상. 은은하게 감도는 낡은 책 향기. 간소한 접수대 안쪽에 키 큰 서가가 줄지어 있었다.

천장에 박힌 조명이 격자 너머로 실내를 밝히고 있다.

이곳은 일반인들에게 개방되어 있었는데, 섬에 관한 다양한 자료를 열람할 수 있다고 했다.

앞장서서 걸어가던 쿠로네코가 주위를 슬쩍 둘러보고선 하루카에게 말했다.

"그럼 난 여기서… 과거의 신문 기사를 찾아볼까 했는데."

"그렇게 해."

"어떤 기사를 찾으면 돼?"

내가 묻자 쿠로네코는 순간 수상하게 시선을 굴렸다.

불편한데 말 걸면 어떡해… 이런 느낌이다.

그래도 어떻게든 입을 움직여 대답해줬다.

"…'행방불명'이 최근에도 발생하고 있는지… 아니, 정말로 발생하고 있는지 조사하고 싶어."

나에 대한 감정이 사라진 건 아니겠지만.

그게 중요한 게 아니라고 판단한 것 같았다.

쿠로네코는 계속해서 말했다.

"…하루카처럼 원래 있던 시대에서 사라진 사람이 있다면…."

"아… 다른 사람이 보면 '행방불명'이 된 거겠네."

"그렇지? 그러니까 '행방불명'이라고 불리는 사건이 실제로 있었는지, 피해자가 그 후에 무사히 돌아왔는지… 그게 알고 싶어."

이 말투로 봐선 쿠로네코는 애초에 '행방불명'이 전설에만 나올 뿐 실제로는 일어나지 않는 게 아닐까… 솔직히 그냥 옛날 사람의 말뿐인 거 아냐?

그렇게 의심하는 것 같았다.

의외네. 오컬트를 좋아하는 것치곤 부정적으로 조사하고 있잖아. 현명한 생각이야.

"'행방불명'이 '시간 이동'의 결과라고 치고, 만약 '돌아온 사람'이 있고 지금도 섬에서 살고 있다면 이야기를 들을 수 있을지도 몰라. 하루카가 돌아가기 위한 힌트가 될지도 모르지."

"…고마워, 쿠로네코."

하루카가 조용히 속삭인다.

"가, 갑자기 왜 그래?"

"아니… 굉장히… 나를, 진심으로 신경 써주는 것 같아서."

"…흐, 흥. 게임 시나리오 취재도 되니까… 관심이 가서 움직이는 것뿐이야."

0.1초 만에 알겠다.

쑥스러워서 저러는 거다.

너무 뻔히 보이는 거 아니냐… 지금 쿠로네코와 어색한 상황인데도 웃음이 터질 뻔했다고.

"그래도. 보통 다른 사람들은 일단 내 이야기를 믿지 않을 거고 … 믿는다고 해도 이렇게까지 자기 일처럼 생각해주지 않을 거야. 그러니까 고마워."

하루카는 쿠로네코와 나를 각각 한 번씩 보고서 고맙다고 말했다.

쿠로네코는 그녀에게 등을 돌리고서 딱 떨어지는 목소리로 말했다.

"이야기하는 시간이 아깝다. 시작하자고."

그 귓가가 빨개진 걸 나도, 하루카도 다 알아보았다.

이후로….

우리는 세 시간쯤 도서관에서 조사를 했다. 지금은 열람 공간의 긴 책상에 자료를 펼쳐놓고 철제 의자에 앉아 각자 결과 보고를 하고 있었다.

"…행방불명자는 없었어."

"응… 그런 것 같네."

행방불명자가 한 명도 없는 건 아니지만.

이 섬에서 '행방불명'이 발생하고 있다는 사실을 뒷받침해줄 만한 기사는 하나도 나오지 않았다.

"그런데 이 기사… 이것도 그렇고… 이것 좀 봐봐."

쿠로네코가 책상에 꺼내놓은 두 개의 기사는 '이누마키 신사'에서 발생한, 이미 해결된 작은 사건이었다.

두 사건의 경위는 거의 똑같아서, 섬 밖에서 온 젊은 여성이 지극히 짧은 시간 동안 행방이 묘연해졌다가 당일에 '이누마키 신사' 경내에서 의식을 잃고 쓰러져 있는 상태로 발견되었다.

눈을 뜬 여성은 몇 시간의 기억을 잃었지만 다친 데도 없고 금품을 도난당하지도 않았다고 했다.

"아슬아슬하게 '행방불명'이랑 연관이 있을 법한 건 이 두 개야."

"이 사람들이 나처럼 '행방불명'을 당했다가 귀환했다… 쿠로네코는 그렇게 생각해?"

"글쎄. …솔직히 그렇게도 볼 수 있다 정도야. 우연히 비슷한 사건이 있었던 것뿐일지도 모르고."

"흐음… 그렇다고 해도 조금 마음이 편해졌어. …'무사히 돌아온 사람'이 있을지도 모르는 거니까. …두 사람 덕분이야!"

"…천만에."

쿠로네코는 부드럽게 미소 지었다.

두 사람은 따뜻한 배려를 주고받는 것처럼 보였다.

"하지만…."

하루카는 고개를 숙이고서 알아들을 수 없을 만큼 작은 목소리로 혼잣말을 했다.

"…그렇구나, 그런 가능성도 있구나."

"하루카?"

쿠로네코가 하루카의 얼굴을 들여다봤다.

그러자 그녀는,

"그렇다면…."

갑자기 고개를 들더니 우리를 똑바로 쳐다봤다.

"더 실컷 즐겨야지! 그렇지! 이렇게 만나게 됐으니까!"

"야, 혼자서 우울해했다, 의욕에 넘쳤다… 도대체 뭐냐?"

"히히, 아무것도 아냐! 그냥 혼잣말! 그·보·다…."

두 손을 탁자에 올리고서 몸을 앞으로 쭉 내민다.

"새롭게 시원하게 즐겨보자고! 최고의 여름방학으로 만들자! 나도, 너희들도! 다른 모든 사람들도! 평생 절대로 잊을 수 없을 만큼 끝내주는 일주일로 만들자!"

갑작스러운 기세에 쿠로네코는 눈을 깜박거렸다.

대신해서 내가 대답해줬다.

동심으로 돌아가, 누구도 못 말리는 꼬마인 나로 돌아가 무책임하게 주장한다.

"난 처음부터 그럴 생각이었다고."

"그렇게 나와야지! 계획은 있어. …나한테 맡겨!"

결정적 대사를 빼앗기고 말았다.

으히히, 기시감이 느껴지는 웃음소리가 도서실에 울려 퍼졌다.

그렇게 해서 이날도 끝나간다.

하루가 며칠처럼 느껴지는 이 여행은 여전히 느릿느릿 중반으로 접어들고 있었고….

다시 새로운 아침이 밝았다.

라디오에서 흘러나오는 노랫소리를 들으며 근육을 쭉 늘이고 있자니 긍정적인 기분이 샘솟는다. 아침 체조는 정말 좋은 습관이다. 어릴 때의 내가 돌아온 것 같은 기분이다.

"대발표! 이번에 나 마키시마 하루카는 너희 합숙의 레크리에이션 담당자로 취임하게 되었다!"

라디오 체조를 마친 사람들 앞에서 하루카가 큰 소리로 선언했다.

부장을 슬쩍 쳐다보자 느긋하게 고개를 끄덕였다.

아마 부장도 이미 알고 있었나 보다.

뭐야… 하루카 녀석, 외부인이란 걸 잊어버릴 만큼 게임 연구회에 잘 어울리고 있잖아.

"하루카, 너 그런 소리 하고 있을 여유 있어?"

걱정돼서 그렇게 말을 걸자 발랄한 대답이 돌아왔다.

"헤헤, 전력을 다해 놀겠다고 했잖아. 그리고 이게 나한테 가장 좋은 행동이라고. …그, 러, 니, 까!"

하루카는 다시 사람들을 돌아보고서 큰소리로 외쳤다.

"오늘은 모두 함께 해수욕을 하겠습니다…!"

그렇게 되었다.

나도, 쿠로네코도, 물론 사정을 모르는 부원들도 순순히 그 말에 따르기로 했다.

수영복으로 갈아입고 모래사장에 집합한 우리는 모두 함께 뭘 하며 놀자… 는 흐름이 아니라 각자 그룹을 지어 자유행동을 하게 되었다.

그런데….

"코우사카 선배, 루리를 부탁해요."

"우린 저쪽까지 헤엄치고 올게요! 경주도 할 거니까! 헤엄 못 치는 쿠로네코는 쿄우스케한테 맡기겠어! 그럼, 이상~."

우왕좌왕하는 사이에 게임 연구회 녀석들은 나와 쿠로네코만을 남겨두고 사라져버렸다.

나는 그 모습을 멍하니 바보 같은 얼굴로 지켜보았고….

"…헤엄 못 쳐?"

…슬쩍 곁눈질로 쿠로네코를 보았다.

"…그럼 안 돼?"

토라진 듯이 입을 삐죽거리며 나와 눈을 맞추지 않으려 드는 그녀는….

지금 대담한 비키니만을 걸치고 있었다. 스스로는 절대로 이렇게 노출이 심한 옷을 고르지 않을 텐데, 이것도 세나가 골라준 걸지도 모르겠다.

　본인이 아까부터 계속 쑥스러워하고 있어서 괜히 더 야하게 보이잖아.

　수영복을 입은 쿠로네코를 똑바로 쳐다볼 수가 없다.

　나는 알쏭달쏭한 위치에 시선을 맞춘 채 말했다.

　"괜찮으면 말이야. 내가, 가르쳐줄까? 수영."

　"…그, 래. 기왕 여기까지 왔으니까………… 부탁할게."

　쌀쌀맞게 고개를 돌리면서 하는 '부탁'에 큭큭 하고 웃음이 새어 나왔다.

　"…뭐가 웃겨?"

　"아니, 그냥 처음 만났을 때가 생각이 나서. 왜, 예전의 쿠로네코 넌 오늘처럼 나한테서 거리를 둔달까, 꼭 경계하는 것 같은 느낌이었잖아."

　"그랬나."

　"그랬어."

　나는 그러고선 긁적긁적 뺨을 긁었다.

　"그립긴 한데 역시 평소와 같은 네가 더 좋아."

　"그래."

　쿠로네코는 바다를 향해 걸어갔다.

　마치 내 목소리를 전혀 못 들은 것 같은 무뚝뚝한 태도다.

　"왜 그래, 선배."

　그러더니 그녀가 뒤를 돌아보고서,

"나한테 수영 가르쳐주겠다면서?"

오랜만의 웃음으로 내 혼을 쏙 빼버렸다.

그녀에게 손짓발짓을 해가며 수영을 가르쳐주고….

쿠로네코가 지친 뒤에는 바닷가로 돌아와 둘이서 모래성을 만들었다.

만드는 중간에 돌아온 사람들의 도움을 받아.

부수기가 아까울 정도로 공이 많이 들어간 작품이 완성됐다.

낮에는 바다의 집에서 쿠로네코와 나란히 앉아 야키소바를 먹었다.

오후부터는 강에서 물놀이를 하며 지냈다.

지루함을 느낄 새도 없이 슬로 다운한 시간 속에서 내내 바쁘게 놀았다.

어느새 해 질 녘이 되었고, 어느새 밤이 되어….

이불 속으로 파고들자마자 바로 졸음이 온몸을 채웠다.

어릴 때에는 늘 이랬다.

매일이 이랬다.

잠에 들기 직전, 나는 생각했다.

…아아… 오늘도 즐거웠다.

이튿날 늦은 오후, 모든 사람이 '미우라장'에 돌아오자,

"자, 여러분! 오늘 밤엔 담력 시험을 해보자고~~!"

하루카가 그런 말을 꺼냈다.

나는 한참 멍해 있다가.

"담력 시험… 이라니, 갑자기 그게 가능해? 준비할 것도 있을 텐데."

"걱, 정, 마♪ 다 준비해놨으니까! 부장이랑 세나하곤 이미 의논해놨고, 그렇게 거창하게 하려는 건 아니니까 준비도 문제는 없어."

턱 하고 식당 탁자에 제비뽑기 상자를 내려놓는 하루카.

"이거랑 각 팀당 손전등만 있으면 준비 끝! ……그러니까 다들 어때!"

자기주장이 센 여자다. 다만, 뭐, 무리에 이런 애가 한 명 있으면 나처럼 수동적인 인간에겐 고마운 것도 사실이다.

주위를 죽 둘러보니 다른 애들도 재미있겠는데, 해보자, 이런 긍정적인 분위기였다. 내가 하면 이렇게 안 될 거다.

주위에 밝은 분위기를 전파하는 분위기 메이커.

마키시마 하루카는 그런 여자애인 것 같았다.

참고로 이 합숙에는 반대되는 타입의 여자애도 있다.

"…그 담력 시험, 위험하진 않겠지?"

물론 쿠로네코를 말하는 거다.

주위에 영합하지 않는, 못 하는 어두운 사람.

하지만 나는 그런 그녀가.

"물론, 코스 사전 점검은 다 해놨지."

"그런 의미가 아니라… 알잖아?"

"…응, 알아. 정말 괜찮아. 위험한 건 없어."

하루카에게 뒤처진다는 생각은 안 한다. 싹싹하고 밝은 미소녀에게 뒤진다고는 생각하지 않는다.

까다롭고, 금방 입을 다물어버리고, 무슨 생각을 하는지 알기 힘든 애지만.

걸으로 드러내질 않아 남들의 이해를 받기 어렵지만.

분위기를 띄우지는 못해도 언제나 주변 사람을 생각하고 있다.

"그래, 그럼 됐어."

고코우 루리는 바로 그런 여자다.

담력 시험 코스는 산속에 있는 '이누마키 신사'까지 가서 하루카가 토리이 옆에 두고 온 팻말을 갖고 신사 옆에 있는 골인 지점까지 간다는 내용이었다.

골인 지점에서는 부장이 대기하고 있으니까 그에게 팻말을 주고 그 자리에서 사람들이 오길 기다리는 방식.

아아, '거기'라면 분위기도 나고, 무엇보다도 진짜 심령 스폿이니까… 가는 길은 밤에도 불이 켜져 있어서 위험은 적을 거다.

심령 스폿에 꼭 따르는 위험도, 하루카 말에 따르면 걱정할 필요 없다고 한다.

그럼 문제는 아무것도 없었다.

담력 시험이 끝나고 골인 지점에 모두 집합한 다음에는 경내에서 갖고 온 불꽃으로 놀기로 했다.

물론 불꽃놀이에 대한 허가는 받아났다고 했다.

바로 그렇게 해서.

나는 지금, 쿠로네코와 단둘이 담력 시험 코스를 걸어가고 있었다.

"…선배, 하루카가 준비한 그 제비… 사기야."

"…그렇겠지."

나란히 걸어가며 손전등을 앞으로 들어 밤길을 비춘다.

하지만 일정 간격으로 가로등이 있어서 그렇게 어둡지는 않았다.

큰 불안 없이 우리는 걸음을 옮겼다.

진짜로 겁을 줄 생각이 없는, 안전을 중시한 놀이에 불과한, 느긋한 담력 시험.

그렇게 걸어가는 길에 쿠로네코가 무심한 목소리로 말을 걸어왔다.

"'그렇겠지'? …꼭 남 일처럼 말하네?"

"…음, 쿠로네코? 그게 무슨 의미야?"

그렇다. 그 이후에 제비를 뽑았고… 그 결과, 나와 쿠로네코가 한 팀으로 정해졌다.

제비뽑기 상자에서 알파벳이 적힌 삼각형 제비를 뽑는 형식으로, 같은 알파벳은 두 개씩 들어 있다고 했다.

쿠로네코는 명탐정처럼 말했다.

"아주 간단한 수법을 썼어. 알파벳 팀마다 조금씩 접는 방법을 바꾸는 거지. 목표한 인물이 먼저 제비를 뽑게 하고 그 직후에 자기가 뽑아 같은 형태로 접힌 제비를 손끝으로 찾는 거고."

"…오오, 잘 간파했네… 그래서?"

나는 시치미를 떼며 계속 이야기를 재촉했다.

"그때… 내 직후에 제비를 뽑은 건 선배였어. 그러니까… 그… 그런 거… 맞지?"

왠지 모르게 쿠로네코는 부끄럽다는 듯 목소리를 떨고 있었다.

"들켰나."

순순히 인정했다. 그러자 그녀는 꺼질 듯한 목소리로 말했다.

"…왜 그런 짓을 했어?"

"너랑 팀이 되고 싶어서."

단호하게 대답했다. 오해의 여지가 없도록.

"아니, 요전부터 우리 분위기가 좀 어색했잖아. 다들 그걸 배려해준 것도 있고, 조금씩 개선이 되긴 했지만… 아직 좀 응어리 같은 게 있잖아? 그러니까 이 담력 시험에서 제대로 화해를 하고 싶어서. …그래서 애들하고 의논을 했어."

"어… 그럼…."

"너 빼고 다 한편이었던 거지. 어떤 레크리에이션을 할지까진 나도 몰랐지만… '제비뽑기로 팀을 만드는 식으로 갈 테니까 간단한 속임수를 익혀놓도록'이라고 해서 배웠지."

"하루카 짓이구나."

"오, 맞아. 쿠로네코랑 화해하는 거… 협력해줬어."

히히 하고 웃었다.

쿠로네코는 부드러운 표정으로 짧게 말했다.

"…그래."

거기서 잠깐 대화가 끊겼다. 밤길을 둘이 나란히 걸어간다.

소심한 벌레 소리만이 울려 퍼지고 있었다. 가끔 바람이 키 큰 풀을 흔들어댄다.

두근두근, 빠르게 뛰는 심장 소리는 분명히 공포 때문은 아니었다.

"…이게 증명 팻말이네."

쿠로네코가 토리이에 세워놓은 나무 팻말을 찾아 들었다.

나도 옆에서 "어디 봐봐" 하며 들여다보았다.

무늬 없는 에마(주4)를 응용한 것 같았다. 변형된 형태의 여자 유령 그림과 말풍선이 그려져 있었다.

여자 유령의 대사는,

…『제대로 화해들 하셨나~?』란다.

마치 그 녀석이 직접 귓가에 대고 말하는 것 같은 기분이다.

"하여간, 쓸데없는 참견 하기는."

"선배, 당신 남 말 할 처지야? 평소의 행동을 돌아보지그래?"

아픈 구석을 찔린 나는 얼버무리듯 휘파람을 불었다.

"……."

우리 사이에 잠시 동안 침묵이 깔렸다.

쿠로네코도 그렇지만, 나도 말수가 많은 편이 아니라서 둘이 있으면 자주 이런 상황이 된다.

불편하지는 않다. 굳이 따지자면 괜히 들뜨고 설레는 느낌이다.

키리노가 하는 방식대로 말한다면 기대하던 게임 발매일 당일 같은 거랄까.

심야 판매에 줄을 선 오타쿠가 이런 기분일지도 모르겠다.

나는 쿠로네코에게 말을 걸려고 했지만, 마치 그걸 피하려는 듯이 마침 그녀가 돌계단에 주저앉았다.

"………."

나도 조용히 그 옆에 앉았다. 여전히 대화는 없다.

미지근한 물 같은 밤바람이 목욕 향기를 실어 나른다.

현기증이 나는 걸 애써 참고 있는데 쿠로네코가 이렇게 입을 열었다.

주4) 에마: 소원을 비는 용도로 신사에서 사용하는 말이 그려진 나무 액자.

"…선배."

"응?"

"내 이야기, 들어줄래?"

"으음, 물론이지."

바로 대답했지만 쿠로네코는 좀처럼 이야기를 시작하려 하지 않았다.

나는 재촉하지 않고 가만히 기다렸다.

나도, 쿠로네코도 서로의 얼굴을 보지 않고 앉아서 앞만 쳐다보고 있었다.

딱히 어딜 보는 것도 아니었다. 눈앞은 캄캄했다.

별 의미도 없이 손전등을 끄고서 눈을 감았다.

"내가 널 피한 건 하루카와 끌어안고 있는 걸 보고 오해해서가 아니야."

마침내 잔잔한 목소리가 옆에서 들려왔다.

나는 그녀를 보지 않고 조용히 귀를 기울였다.

"그럼 왜…."

"하루카… 굉장히… 좋은 애지."

"…응."

절박해서 그런지 쿠로네코가 하는 말은 부드럽게 이어지지 않고 이해하기가 힘들었다.

그래도 나는 재촉하지 않았다.

"너무… 좋은 애라서 침울해지고 만 거야."

머릿속에서 퍼즐을 조합하는 것처럼 조용히 각 부분들을 하나씩 모으기 시작한다.

"밝고, 귀엽고, 생명력 넘치고, 같이 있으면 즐거워서… 이런 나조차도 쉽게 친해질 수 있었어. 그에 비해 나는… 자신감이 없어지더라고."

"……………"

"그래서 처음부터 오해는 안 했어. 아아, 당연하구나, 생각한 거지."

나는 모아지는 불온한 부분에 속으로 전율하며 그녀의 말을 기다렸다.

쿠로네코는 훗 하고 자조하듯 웃었다.

"네가 하루카를 좋아하게 되는 것도 당연해."

"잠깐잠깐잠깐잠깐만! 좀 기다려봐!"

재촉하지 않겠다는 소리를 하고 있을 상황이 아니네! 그만 큰 소리를 내버렸잖아….

"무슨 소릴 하는 거야?! 진짜, 뭐라는 거야, 지금?! 이해가 안 갑니다만!"

"…무슨 소리라니… 너, 하루카를 좋아하게 된 거 아냐?"

"내가 언제 그런 말을 했는데?!"

"남자 방에서 연애 이야기를 했을 때… 하루카를 엄청 칭찬했잖아. 키리노 이야기 할 때처럼 열렬하게. 나를 연애 대상이 아니라고도 했고."

"아니아니아니아니! 누가 그런 말을…."

…뭐랄까, 하루카는 이상하게 친근감이 든단 말이지.

…성스러울 정도의 미인인데 벽이 느껴지지 않는달까.

…자연스럽게 대화를 할 수 있달까, 지켜줘야 할 것만 같달까.

…연애 감정이 있느냐 하면 저 스스로도 잘 모르겠어요.

…지금 이대로의 관계라도 괜찮지 않을까… 하는 생각도 솔직히 있긴 하거든요.

나, 바보구나! 말했네! 그런 의미로 받아들일 만한 소리를!

"아, 아니! 그거야말로 오해거든!"

으악…! 어디서부터 풀어야 좋지!

"아, 그러니까, 일단 말이지? 물론 나는 하루카를 엄청 미인에다 귀엽고 성스럽고 키리노 다음가는 수준으로 빼어난 외모라고 생각은 해! 거기다 성격도 밝고 즐겁고, 대화하기 편하고, 서로 잘 맞는 것 같아!"

"…들으면 들을수록 도저히 오해라고 보기 어려운데."

"정직하게 말하는 거니까… 그래도 나는 하루카에게 연애 감정은 일절 없어. 진짜, 진심으로, 마음 밑바닥에서 재도 1밀리도 없다고."

'하루카가 내 연애 대상이 아니다'라는 건 나 자신에겐 너무나 확실한 사실이라서.

그래서 굳이 말해줄 필요도 없다… 어리석게도 그렇게 생각하고 있었다.

"왜? 매력을 느끼지 않는 건 아니잖아?"

"모르겠어! 나도 진짜 모르겠지만 걔는 그런 게 아니야!"

"'그런 게 아니다'라면 뭔데?"

내 눈을 똑바로 쳐다보며 따지고 든다. 이번에는 내가 절박해질 차례였다.

갑자기 물어도 곤란하거든요. 나는 대답할 말이 막혔다. 중요한 대답이 될 거라고 느꼈으니까.

"그, 하루카는… 나한테…."

"하루카는 너한테?"

친구지만 그렇게 표현하는 건 아닌 것 같다.

마음이 가는 사람도 아니고 여동생… 은 비슷하긴 해도 좀 다르고….

아… 으… 그러니까~!

"…누나?"

너무 궁지에 몰리다 못해 위험한 소릴 꺼내고야 말았다.

너무나 뜻밖의 말이었는지 쿠로네코가 입을 쩍 벌린다.

"누, 누나? 선배한테 하루카는 누나 같은 존재… 라는 거야?"

"크윽… 미안해. 나도 왜 이렇게 바보 같은 소리를 했는지… 하지만 그… 뭐랄까… 걘 분명히 나한테 특별한 사람이고 왜 반하지 않는지 나도 이상하다고 생각될 정도지만… 사귀고 싶다거나 키스하고 싶다거나 야한 짓 하고 싶다거나… 그런 마음은 조금도 안 든다고. 뭐라고 해야 좋지… 아무튼 걔는 '여동생을 닮은 다른 무언가'란 말이야! 설명은 못 하겠지만!"

아, 진짜 이게 뭐 하는 짓인지.

스스로 생각해도 이래선 설득력이 있겠냐 싶다. 쿠로네코의 오해를 풀 수 있을 것 같지가 않다.

"그리고, 아….."

뭘 부끄러워하는 거야, 지금.

오해를 풀고 싶은 거 아냐?

말해버려!

"내가 신경이 쓰이는 건 하루카가 아니라 너야."

"…어?"

"올봄에 쿠로네코 네가 후배가 된 뒤로 같이 있을 기회가 늘었잖아… 그러면서 점점 신경이 쓰이는 상대가 됐고… 이번 합숙에 온 것도 네게 힘이 되고 싶어서였어."

"무, 뭐, 뭐…."

쿠로네코는 뒤집어질 듯이 놀라고 있었다. 얼굴은 귀까지 새빨갰다.

나는 크게 숨을 내쉬었다.

"그 반응을 보니… 전혀 눈치 못 챘구나."

"아니… 나 같은 걸…."

정말 기가 막힌다. 진심으로 이런 말을 하고 있다니.

"넌 자기 평가가 너무 낮아. 내가 지금 하루카를 엄청 칭찬했잖아. 하지만… 하루카보다 네가 더 매력적이라고 생각한다고!"

아아아, 이런 말 하는 거, 나랑 안 맞아! 완전 구린 거 아니냐! 너무 쪽팔려!

하지만 어쩔 수 없잖아… 다 사실이니까!

"…으… 으…."

쿠로네코는 몸을 떨며 울먹이고 있었다.

그 입에서는 의미 없는 소리가 단속적으로 새어나오고 있었다.

그러다가 겨우 그것이 의미를 갖추게 됐고.

"…거, 거짓말이야."

"거짓말 아냐!"

"하지만 그때에는….."

"그건… 저기… 그게….."

쿠로네코가 새빨개진 얼굴로 내 말을 기다리고 있는데 나는 볼썽사납게 말을 더듬고 말았다.

"난, 너랑… 애써 친해진 지금 이 상황을 망치고 싶지 않아서! 차이는 게 무서워서! 그래서 관계를 진전시키고 싶지 않다고 둘러댄 거야…!"

제길!

나란 녀석은 왜 이렇게 중요한 순간에 멋진 말 하나 날리지 못하는 거냐!

"그러니까… 난… 내 말은… 연애를 한다면 하루카가 아니라… 다른 누군가가 아니라….."

고민에 고민을 거듭하다가. 결국 내 입에서 나온 건 단순한 한마디였다.

"너였으면 좋겠어!"

아아아악～～. 얼굴이 화끈거려! 나 죽는다! 창피해서 죽어버릴 거야!

이거, 이 정도면… 나… 확실하게 선언한 거나 같은 거잖아!

뇌가 정상적인 판단을 내리지 못하고 있다.

하지만 그렇기 때문에 행동에 가속도가 붙을 수 있었다.

아아! 그냥 모조리 다 말해버려!

나는 가슴속에서 꿈틀대는 마음을 말로….

"와악!"

…하기 직전에 엄청난 방해를 받고 말았다.

나란히 앉은 우리들 앞에 갑자기 하얀 시트 같은 걸 뒤집어쓴 누군가가 튀어나온 것이다.

"꺄악!" "으아아아악!"

쿠로네코가 너무 놀라 나를 끌어안았고, 나도 같이 크게 비명을 질렀다.

이 녀석이 이렇게 큰 소리를 내는 건 처음 듣는 것 같다.

밝은 곳에서 보면 엉터리 유령 분장이었을 거다.

하지만! 어둠 속에서 공격을 하는데 누가 쫄지 않을 수 있겠냐고…!

게다가 지금 난 일생일대의 고백을 하려던 참이었단 말이야?!

허를 찔러도 정도가 있지!

"…허억, 허억, 허억, 허억…."

"…아, 놀랐어."

나도, 쿠로네코도 서로를 끌어안은 채 굳어 있었다.

떨리는 손으로 손전등 불빛을 유령 쪽으로 향한다.

그렇게 해서 유령의 정체가 이불을 뒤집어쓴 어떤 사람이라는 걸 알게 되었고, 점점 냉정을 되찾게 되었다.

아니! 어떤 사람이 아니라.

"지금 그 목소리는… 하루카구나!"

"정답…♪"

이불을 벗고서 그 말괄량이가 얼굴을 드러냈다.

"야, 너 장난하지 마! 하필이면 지금 이 타이밍에 나오기냐…?!"

이 자식아~!

나와 쿠로네코를 이어주고 싶은 거야, 방해하고 싶은 거야, 도대체 뭐냐, 너!

꽤 진지하게 화를 내자 하루카는 황급히 변명하기 시작했다.

"아, 아니야! 여기엔 깊은 사정이 있거든?"

"꼭 나 같은 변명을 하네!"

"정말 이유가 있다니까! 지금 이곳에서 꼬오옥~ 방해를 할 수밖에 없었어!"

하루카는 타이밍이 다르다고~~! 라며 소리를 질러댔다.

제길, 도대체 무슨 소릴 하는 거야?!

좋은 분위기를 다 망쳐놓다니!

울분을 풀지 못하고 있는 내 어깨를 쿠로네코가 잡는다.

"저… 선배, 아마 '그 건'이랑 관련이 있는 게 아닐까."

"어, 아, 응… 그렇구나."

그녀가 달래주자마자 날이 섰던 기분이 바로 진정이 된다.

하루카가 귀환하기에 필요한 행동이었던 게 아닐까.

쿠로네코가 말한 '그 건'이란 그런 의미다.

"크으윽… 그런 거라면… 할 수 없지."

"미안해!"

하루카는 절을 하듯 두 손을 모았다.

그러고선 슬쩍 우리를 쳐다본다.

"그런데 쿄우스케."

순식간에 다시 원래의 경박한 태도로 돌아와 능청스레 웃으며 입술을 삐죽거린다.

"끝내주는 미인에 귀엽고 성스러운 하루카 덕분에 좋은 추억을 갖게 됐잖아~?"

"뭐?"

순간, 무슨 말을 하는지 이해가 안 가서 당황하다가,

""…아.""

쿠로네코와 동시에 서로를 끌어안고 있었다는 사실을 깨달았다. 그 즉시 얼굴이 빨갛게 달아올랐고….

"~~~~~~~~~~~~."

소리 없는 비명이 야밤의 신사에 메아리쳤다.

이차저차해서.

담력 시험은 그 후에도 순조롭게 진행되어 지금, 야밤의 경내에 모두 다 모이게 되었다.

예정한 대로 불꽃놀이를 하기 위해서다. 부장이 그 막과자 가게에서 산 불꽃을 각자에게 나눠주고 있다. 그런 가운데 나는 뭘 하고 있느냐 하면.

"……어떡할 거야. 너 때문에 또 쿠로네코랑 어색해지고 말았잖아."

"그, 그렇지 않다니까."

아까 있었던 일을 가지고 하루카에게 투덜대고 있었다.

조금 떨어진 곳에서 세나와 이야기를 나누는 쿠로네코를 슬쩍 훔쳐보는데 하필이면 때마침 그녀가 이쪽을 보고 있어서….

눈이 마주치더니 잽싸게 시선을 돌려버린다.

나는 하루카의 어깨를 잡고 앞뒤로 마구 흔들었다.

"저거 봐, 저거 봐. 너 봤지? 날 완전 대놓고 피하고 있잖아!"

"지, 진짜 대놓고 피하네."

"너 때문이야!"

어중간한 타이밍에 내 고백을 잘라버리니까! 서로를 너무 의식하게 되잖아!

"하, 하지만 그건 좋은 의미에서의 어색함이잖아? 응?"

"난 '좋은 의미에서' 어쩌고 하는 말이 싫어. 적당히 둘러대는 걸로 들리니까."

"삐지지 마!"

"삐진 거 아니거든."

입을 삐죽거리며 토라진 내게 하루카는 "참 나…" 하며 기막혀했다.

"완전 삐졌네… 으음… 여기에 온 뒤로 계속해서 이미지가 무너지고 있어…."

그 말을 예리하게 잡아챈 나는 추측했다.

"너… 쿠로네코뿐만 아니라 '나'하고도 만난 적 있냐?"

"응, 뭐. 내가 아는 넌 좀 더, 뭐랄까… 아, 가르쳐줄 수는 없지만."

그녀는 겨드랑이를 보여주듯이 꼰 두 팔을 들어 기지개를 켰다.

"아아, 생각했던 것보다 더 힘드네. 좀 더 딱 구분할 수 있을 줄 알았는데…. 쿄우스케 너도 이제 어렴풋이 눈치챘겠지만… 말은 하지 마, 그래도."

이 모호한 부탁에 나는 고개를 끄덕였다.

"그래, 금지 사항이니까."

"맞아, 맞아."

으히히 하고 웃는다.

다시 강한 친근감이 내 가슴속에 소용돌이친다.

여동생을 대할 때와 비슷한, 하지만 아주 조금은 다른 묘한 감각.

…아마도… 분명히.

그녀의 정체는…………

머리를 흔들어 생각을 지우는데 하루카가 갑자기 내 안색을 살피듯이 목소리를 낮췄다.

"그런데 너…."

너무 뚫어져라 쳐다보기에 나는 쌀쌀맞게 말을 건넸다.

"왜?"

"나를 누나처럼 생각하고 있었어?"

듣고 있었냐!

"잊어라! 다른 적절한 표현이 생각 안 나서 그런 것뿐이야!"

"으히히, 시스터 콤플렉스인 쿄우스케가 내 동생이라…."

하루카는 그 광경을 망상하듯 그윽한 눈으로 밤하늘을 올려다보며 한참 생각에 잠기더니.

"으으…… 너 때문에 성적 취향이 비뚤어질 것 같은데, 책임져줄 거야?"

몰라!

내가 외면하자 하루카는 낄낄대며 웃었다.

"그럼 마지막 임무를 다 하고 오겠습니다…."

가볍게 한 손을 흔들고선 내 곁을 떠났다.

경내에서는 부원들이 이리저리 흩어져 불꽃놀이를 준비하고 있었다. 세나와 쿠로네코가 초를 들고서 사람들에게 불씨를 나눠주고 있었다.

그런 가운데 하루카는 쿠로네코에게 가서 뭐라고 말을 걸더니……

"아, 아니…."

당혹스러워하는 쿠로네코를 억지로 끌고 왔다.

하루카는 쿠로네코를 내 앞으로 떠밀더니.

"자! 쿄우스케, 쿠로네코 데리고 왔어!"

"너무 억지 쓴 거 아니냐. 그래도 잘했다."

결국 어색한 상황을 해결하려면 이렇게 도망칠 수 없는 상황 속에서 제대로 이야기를 하는 게 제일이니까.

"…………………."

"……………."

나는 쿠로네코와 정면으로 마주 섰고, 우리는 서로를 바라보았다.

쿠로네코의 얼굴은 여전히 빨갛게 상기되어 있었다.

아마 내 얼굴도 비슷한 상황일 거다.

닭살 돋고, 쑥스럽고, 너무너무 부끄러워서.

지금 당장이라도 도망치고 싶은 마음뿐이다.

하지만! 견딜 거다!

나는 조금 전의 고백 미수는 없었던 일처럼 가볍게 말했다.

"같이 불꽃놀이, 하자."

"…응."

작게 고개를 끄덕인다.

그리고 우리는 다시 입을 다물었다.

똑같은 것 같으면서도 아주 조금은 다른 침묵.

사람들의 소음 속에서 우리 주변만 조용했다.

그럴 리가 없는데 그렇게 느껴졌다.

"거기 두 분, 나도 좀 끼워줘."

정적의 문을 활짝 열어젖히듯이 하루카가 사이에 끼어들었다.

"자, 이거. 불꽃. 많이 받아 왔어…."

"…너."

쿠로네코가 기가 막힌다는 듯이 하루카를 싸늘하게 쳐다보았다.

"이런, 우리 거리감을 조정하려는 듯한 행동들은 뭐지? 이런 것들도 그 건이랑 관련이 있는 거야?"

"아까 겁을 준 건 맞아. 아, 하지만 지금은 아니거든?"

"야."

내가 짧게 지적하자 하루카는 어린애처럼 혀를 날름 내밀었다.

친근한 상대에게 어리광을 부리듯이. 그러고선 갑자기 진지한 목소리로 말했다.

"마지막이니까 너희랑 같이 추억을 만들고 싶었어."

"그래… 이제 곧 합숙이 끝나니까."

쿠로네코의 목소리에는 감출 수 없는 허전함이 배어 있었다.

모처럼 친해진 친구와, 평소의 그녀라면 있을 수 없을 만큼 빠르게 친해진 상대와.

헤어질 시간이 다가오고 있으니까.

이렇게 말하는 나도 같은 심정이었다.

성가신 녀석이 사라지면 허전해진다.

그건 우리가 잘 알고 있는 사실이다.

"그러고 보니 아까도 '마지막 임무'라고 그랬는데. …그럼 설마."

"응, 내가 '과거'에서 해야 할 일은 끝났어. 나 때문에 태어난 '왜곡'은 다 수정됐어. 이 흐름대로라면 괜찮을 거야. 이젠 그때만 기다리면 돼."

"…그렇구나."

하루카가 과거에 오게 됨으로써 생겨난 '왜곡'은 뭐였을까.

해야 할 일은 다 했다는데 이 녀석이 섬에서 했던 일들은, 그러니까….

굳이 묻지는 않았다.

대충 다 알고 있으니까.

네가 아슬아슬한 줄타기를 하며 우리와 잘 지내려 하는 것도.

내가 같은 입장이었다면 아마 똑같이 행동했을 거다.

귀환이 위태로워진다는 걸 알고 있다 해도 흥미진진해서 접근해 말을 걸고….

그러니까 괜찮아. 방해꾼이라고는 말하지 않을게.

모처럼의 기회니까 마지막까지 같이 놀아줘야겠다.

"참 나… 불꽃을 이렇게 많이 가져오다니."

"…후훗. 뭐부터 하지?"

"이런 불꽃은 나 처음 해봐! 뭐가 좋을까나~ ♪"

각자 좋아하는 불꽃을 골라 초에 대고 불을 붙인다.

불꽃의 끝부분이 활활 타오르고 불꽃이 피어오른다.

검은색, 그리고 흰색. 대조적인 복장에 대조적인 외모.

하지만 서로 참 많이 닮았다.

이렇게 나란히 놓고 보니 마치 진짜 자매 같았다.

"…언니, 뭐 하고 있을까."

툭….

하루카가 작게 속삭이듯 말을 흘린다.

자신이 무사히 돌아갈 수 있을 거란 계산이 서고 나니 언니가 어떻게 됐을지 걱정이 되나 보다.

"너희 언니는 생긴 것도 쿠로네코랑 닮았어?"

나는 잠시 생각하다… 그런 의문을 던졌다. 전에 취미와 언행이 쿠로네코를 닮았다는 이야기를 했으니까 딱히 부자연스러운 질문은 아닐 거다.

"어? 언니랑 쿠로네코? 으음… 글쎄…."

손에 쥔 원 모양의 불꽃을 신기하다는 듯이 바라보던 하루카는 내 질문에 잠시 생각에 빠졌다.

그러는 사이에 쿠로네코가 쓴웃음을 지으며 날 쳐다보았다.

"…왜 그런 걸 물어봐."

"뭐 어때, 이 정도는. …관심 있지?"

"…뭐, 그렇긴 하지."

조금 전까지만 해도 어색했던 우리 사이는 어느새 기묘할 정도로 편안한 분위기로 바뀌어 있었다.

그 이유는 말할 것도 없고, 말을 해서도 안 된다.

소리 내어 말하면 미래가 바뀌어버릴 것만 같았다.

애써 잊으려고 고개를 젓는데, 하루카는 생각을 다 정리했는지 이렇게 입을 열었다.

"입을 다물고 가만히 있으면 비슷할 거야."

"입을 열면 안 닮았어?"

"말이 많은 사람인가?"

"쿠로네코보다 백배는 시끄러워. 뭐랄까, 언니는 있지…."

추가 질문에 하루카는 두 손을 얼굴 옆까지 들어 위협하는 듯한 동작을 취했다.

"'캬오…' 이런 느낌이야."

"그게 뭐야."

"으으음… 쿠로네코는 쿠로네코란 느낌이 들잖아?"

"그렇지."

검고, 작고, 귀엽고, 변덕스럽고, 자존심 세고, 좀처럼 가까워지기 힘든 느낌.

"그렇지? 그런데 우리 언니는 작고 야생적이고… 사납다기보다는, 방에 풀어놓으면 난동을 부려 엉망으로 만들 것 같은 느낌이랄까."

"…무서운 사람이야?"

"화나는 사람이야!"

대답하는 속도 한번 빠르다! 완전 진심으로 토해내는 느낌이네.

"난폭하고, 쉽게 폭력을 쓰고, 힘이 세서 싸워도 이길 수가 없고, 나한테만 자기 멋대로 굴고, 귀찮은 일에 끌고 들어가도 전혀 미안해하지도 않고, 진짜 얼마나 짜증스럽고 귀찮은지 몰라!"

펄펄 뛰듯 화를 낸다.

하루카에겐 미안하지만, 듣고 있으니 재미있어져서….

쿠로네코에게만 작게 말했다.

"…언니 험담을 할 때 하루카 완전 생기 넘치지 않냐."

"…어떤 사람이 여동생 험담할 때랑 똑같아."

"…………"

나는 떨떠름한 얼굴로 입을 다물었다.

쿠로네코는 하루카를 보고 말했다.

"너희 언니에 대한 인상이 많이 바뀌었어. 나와 비슷한 취향이면서도 전투력이 높다는 건 의외네."

좀 더 직접적인 질문을 할 수도 있었을 텐데 쿠로네코는 굳이 우회적으로 물었다.

하루카는 쓴웃음을 지으며 대답했다.

"언니는 어릴 때 자기를 괴롭히는 아이에게 복수하기 위해서 가라테를 배웠거든. 지금은 검은 띠야."

"무도가로 절대로 상종 못 할 녀석이군."

전투력 높은 중2병 환자라니, 너무 악질이잖아.

부모가 어떻게 가르친 거야……… 속이 매우 복잡해진다.

하루카는 지긋지긋하다는 표정으로 말했다.

"검은 띠 파워로 동생을 그만 좀 괴롭혔으면 좋겠어. 터울 얼마 안 지는 동성의 형제자매는 결국 힘이 센 쪽이 폭군이 되기 십상이잖아. 난 언니의 노예가 아니라고, 정말이지."

"이성 남매도 마찬가지야. 힘이 센 쪽이 폭군이 되어 다른 한쪽을 괴롭히니까. 밤중에 멋대로 방에 쳐들어와 따귀로 깨운다고. 인생 상담이라면서 심야에 에로 게임을 사 오라고 시킨다고. 진짜 기막히지 않냐. 난 동생의 노예가 아니란 말이야."

"…무섭도록 실감이 담겨 있네."

"…나, 불평 대회에서 처음으로 진 것 같아."

기뻐해라, 키리노. 네 소행은 불평 대회에서 무적이다.

맞설 수 있을 만한 건 세나를 동생으로 둔 아카기 정도지만, 그 녀석은 여동생에 대한 불평은 절대로 안 할 인간이니 실질적으로 무적이다.

우리 사이에서 오고간 대화는 여동생이나 언니에 대한 이야기뿐이었다.

일단 다른 화제로 돌려도 결국엔 가족 이야기로 돌아온다.

어느새 나눠준 불꽃은 거의 다 태워버렸고….

우리는 마지막 하나에 불을 붙였다.

선향 불꽃이다.

셋이 동그랗게 에워싸 쪼그리고 앉는다.

그렇게 밤바람으로부터 가냘픈 불꽃을 지킨다.

"…………."

"…………."

"…………."

우리는 말없이 마지막 불꽃을 바라보았다.

타닥, 타닥, 치지직… 중심에서 불타는 구슬에서 작은 불꽃이 튀었다가 사라진다.

조금씩, 조금씩, 불길이 올라와 짧아진다.

이 불똥이 떨어지면 오늘 밤은 끝이 나겠지.

길었던 하루가 끝나고 하루카와 헤어질 날이 또 한 발자국 가까워지겠지.

우리의 마음이 전해진 것처럼 불똥은 언제까지나 떨어지지 않고 있었다.

아마 이 섬에 온 뒤로 가장 긴 시간이었을 것이다.

"쿄우스케, 쿠로네코. 돌아가기 전에 말이야."

선향 불꽃을 멍하니 바라보며 하루카가 조용히 입을 열었다.

"…인생 상담, 있는데."

이 대사를 선택한 건 알고 있어서였을까? 아니면 우연일까?

내가 토한 불평에 포함되었던 단어라서였을까?

뭐가 됐든 상관없다.

우리는 슬쩍, 서로를 마주 보았고,

"…큭큭." "…하하."

웃으며 고개를 끄덕였다. 괜히 웃음이 나왔다.

그런 우리의 태도에 당연히 하루카는 발끈해서 귀엽게 뺨을 부풀린다.

"내가 심각한 분위기를 내뿜고 있는데 두 사람은 왜 웃는 거야."

"미안… 후후, 하지만… 어떻게 표현해야 좋을까."

"조금 그리운 느낌을 받아서… 너무 신경 쓰지 마라."

"뭐, 알았어. 그럼… 내 상담, 들어줄 거야?"

답은 물론 이미 정해져 있다.

"당연하지."

"우리한테 맡겨."

입을 모아 대답하며 미소 짓는다.

"…고, 고마워."

하루카는 너무 적극적인 우리의 태도에 고개를 갸웃거렸지만, 결국 더듬더듬 말을 꺼내기 시작했다.

"내 고민은 말이야… 이미 눈치챘을지도 모르지만, 언니에 대한 거야."

쿠로네코가 고개를 끄덕이며 몸짓으로 말을 계속하길 재촉했다.

"오래전부터 그 사람이 무슨 생각을 하고 있는지… 모르겠어서. 옛날엔 지금보다 더 가까웠는데. 지금은 관계가 많이 나빠졌어… 음… 도저히 따라갈 수가 없는 수준이야."

이번에는 내가 맞장구를 치며 말을 재촉했다.

"어릴 때부터 논리가 안 맞고 난폭하고 이기적인 사람이긴 했지만 최근 들어선 특히 더 심해졌어. 이번 일의 발단도 언니였고. 왜 그렇게 못되게 구는 걸까… 하아."

파지직, 쭈그려 앉은 하루카의 손끝에서 불꽃이 튀었다.

"…갑자기 이런 말 꺼내서 미안. 언니랑 만난 적도 없는, 평소의 우리를 모르는 너희에게 상담하다니… 곤란하겠지."

으히히 하고 힘없이 웃는다. 그러고선.

"알고는 있는데… 그래도… 꼭 너희한테 상담하고 싶어졌어."

왜 그런데.

이렇게는 묻지 않는다.

금지 사항일 테니까.

하지만 진지하게 대답해야 한다고 생각했다.

아마 '지금의 우리들'에게만 상담할 수 있는 일일 테니까.

"정말 그렇네."

쿠로네코가 부드럽게 말했다.

"우리는 너희 언니를 만난 적이 없어. 너한테서 언니에 대한 불평을 많이 듣긴 했지만… 그건 결국 어느 한쪽의 말만 들은 게 되는 거니까. 자매 싸움을 해결할 때에는 양쪽의 말을 듣지 않고선 중재를 할 수 없지."

역시 큰딸이다. 지당하신 말씀이십니다.

나는 그렇게 감탄했지만, 하루카는 울컥 화가 난 것 같았다.

"…내가 나한테 유리하게만 말했다는 거야?"

"그게 아니야. 나도 여동생이 둘 있어. 큰애는 초등학교 5학년, 둘째는 1학년이야. 그 동생들이 싸울 때, 두 사람의 주장이 엇갈릴 때가 자주 있거든."

…히나타, 초등학교 1학년이랑 싸우는구나.

"그럴 때에는 누구 하나가 거짓말을 하는 게 아니라, 오해를 하거나, 상대의 행동을 잘못 해석했거나… 그런 엇갈림에서 싸움이 나는 경우도 있어."

물론 일방적으로 언니가 나쁜 케이스도 많지만 말이야, 이런 말을 쿠로네코는 덧붙였다.

오오… 정말 못된 언니네….

전화로 말한 게 전부였지만 좀 까불까불해 보이긴 하더라.

하루카는 고개를 숙이고 잠시 생각을 하더니 곧 다시 고개를 들었다.

"우리 자매도 엇갈려서 그런 거일지도 모른다, 쿠로네코는 그렇게 말하는 거야?"

"글쎄, 모르겠네. 앞서 말한 것처럼 나는 네 언니랑 만난 적이 없거든."

"…그럼 모르는 거잖아."

"너희 언니는 나랑 닮았지? 그럼 상상은 할 수 있어… 만약 네가 나의 터울 가까운 동생이었다면 하고 말이야."

"……."

눈을 휘둥그레 뜨는 하루카 앞에서 쿠로네코는 눈을 감고,

"네가 내 동생이고 계속 한 지붕 아래에서 같이 살았다면…."

자조 섞인 목소리로 말한다.

"아마 너무 질투가 나서 친하게 지내지 못했을 거야."

"질투? 쿠로네코가… 나를?"

"그래. 넌 굉장히 뛰어난 동생이잖아. 아주아주 재주가 많은 여자야. 밝고, 귀엽고, 다양한 재능을 갖고 있고, 늘 긍정적이고, 에너지 넘치고, 누구하고도 금방 친구가 되는… 나하고는 정반대지. 내가 갖고 싶은 걸 처음부터 모두 다 갖고 있어. 그런 상대가 동생으로 바로 옆에 있다면 절대로 마음이 편하지 못할 거야."

"…그, 래?"

"응. 실제로 너는 겨우 며칠 사이에 내 자존심을 난도질해놨거든… 자매도 아닌데 말이야. 그 여자랑 만나기 전의 나였다면 우울함에서 회복할 수 없었을 거야."

"이해한다. '완벽 초인인 여동생'이란 존재는 진짜 성가시고 짜증나지."

같은 상대 때문에 땅을 팠던 동지답게 공감이 갔다.

내가 '누군가'의 얼굴을 떠올리고 있는데 쿠로네코가 낮게 소리 내어 웃었다.

"뒤집어봐서 하루카, 너희 언니는 어때? 너라는 동생에게 거만하게 굴지? '내가 위다'라고 말하려는 듯이 늘 너를 억지로 끌고 가거나 휘두르지?"

"…존경해."

쿠로네코는 진지하게 말했다.

"나는 절대로 그렇게 못 할 거야. …나랑 닮았다고? 훗, 농담이겠지? 나보다 훨씬 더 대단해. 자기보다 빼어난 동생에게 언니로서 강한 체할 수 있다니 말이야."

"…………."

쿠로네코의 이야기를 듣는 하루카는 아까부터 계속 입을 멍하니 벌리고만 있었다.

너무나 예상치 못한 이야기를 들었다… 그런 얼굴이다.

쿠로네코는 계속해서 말을 이어나갔다.

"너희 언니는 '복수를 위해 가라테를 배우기 시작했다'고 그랬잖아."

"으, 응."

"복수는 했니?"

하루카는 왜 그런 걸 묻는 거지? 라는 얼굴로,

"아니, 못 했어. 아니지, 안 해도 되게 됐어. 괴롭히던 애가 내가 잘 이야기해서 친구가 됐거든."

시원스레 말했다.

쿠로네코는 굉장히 떨떠름한 얼굴로 눈살을 찌푸렸다.

"잘은 모르겠지만, 왜 언니 문제에 네가 나서는 거야?"

"'우리 자매가' 괴롭힘을 당한 거니까. 언니 방식으로는 해결될 때까지 너무 시간이 오래 걸리고, 폭력으로 해결하면 다른 문제가 생길 것 같으니까. …그래서 내가."

"그런 점이야!"

처억! 이야기를 하는 중이었는데 쿠로네코가 하루카의 얼굴에 손가락을 들이밀었다.

왜, 왜 그러냐, 쿠로네코. 오늘 밤엔 큰 소리를 많이 내는구나, 너.

"그, 그런 점이라니 뭐가?"

당황해서 눈을 깜박이는 하루카. 쿠로네코는 애가 탄다는 듯이 말했다.

"확신을 갖고 말하겠는데, 네가 괴롭힘 문제를 해결했을 때 언니가 화냈지?"

"응! 잘 아네! 그 바보 언니가 마구 화를 내서 싸움이… 아…! 생각하니까 또 짜증 나네! 딸랑 '고마워' 한 마디만 해주면… 난… 그거 하나면 충분했는데! 제길, 그 여자 얼굴을 패주고 싶다!"

"피차일반이라고, 이 바보야."

"아얏!"

콩, 쿠로네코는 하루카에게 꿀밤을 먹였다. 하루카는 두 손으로 머리를 감싸 쥐었다.

"왜?!"

"흥, 네 상담 내용은 '언니가 무슨 생각을 하는지 모르겠다'였지. 상대방도 똑같이 느끼고 있을걸. '동생이 무슨 생각을 하는지 모르겠다' '성가시다' '짜증 난다' '왜 알아주질 않는 거야'라고 말이야."

"뭐, 뭐어~?"

"네 행동은 굉장히 상식적이고 이성적이고 합리적이야. 어릴 때 이야기라는 게 믿기지 않을 만큼. …하지만 잘못됐어."

"…그럼 어떡해야 했는데?"

꾸중을 들은 어린애처럼 묻는 하루카에게 쿠로네코는 자신만만하게 말했다.

"'네가 실제로 취한 행동'을 하책이라고 본다면 중책은 '언니에게 복수를 맡기는' 거지. 이러면 언니는 자기 힘으로 동생을 지킬 수 있고, 자존심을 크게 충족할 수 있었을 거야. 마음에 여유가 생겨서 동생에게 상냥한 언니가 됐을지도 몰라."

"으윽… 하고 싶은 말은 많지만… 상책은 뭔데?"

"'자매가 함께 복수한다', 이거지."

위험한 말을 하시네.

"만약 당시의 네가 그렇게 했다면 분명히 사이좋은 자매가 되었을 거야."

"진심으로 하는 말이야?"

"당연하지."

쿠로네코는 진지한 얼굴로 연신 고개를 끄덕였다.

"야, 쿠로네코. 너 중요한 인생 상담에 대한 대답이 이래도 되는 거냐?"

"어머, 선배. 무슨 문제라도 있어?"

"아니… 그게."

방통(龐統)의 고사에 따르면 상책은 반드시 가장 좋은 작전이 아니라 제일 과격한 작전이기도 하다. 그런 의미라면 상책이라고도 할 수 있을지 모르지만.

"조언이 너무 극단적인 거 아냐?"

"내가 언니라면 그러길 바랄 거야."

자신의 지론을 절대 꺾지 않는다.

"자, 자자잠깐만… 난 이해가 안 되는데! 아, 아니, 복수 같은 건 해봤자 허무하기만 하고 뭐 좋을 게 없잖아!"

쿠로네코는 하아… 하며 길고 무거운 한숨을 내쉬었다.

"바보구나. 개운하잖니. 딱 마침표를 찍고 앞으로 나아갈 수 있 잖아. 미운 녀석들에게 한 방 먹여주고 깔보며 비웃어준다… 이것 보다 통쾌한 게 이 세상에 어디 있어!"

"……."

하루카는 아무 말도 하지 못했다.

쿠로네코, 너… 너 진짜… 키리노랑 싸울 때에도 그렇게 소리치 진 않잖아.

얼마나 강하게 주장을 하고 싶어서 그러냐.

"잘 들어… 복수는 아무것도 낳지 않는다는 말은 거짓말이야. 복 수는 '즐거움'을 낳아."

한쪽 손바닥을 치켜들고 마왕 같은 자세를 취하는 쿠로네코.

"복수를 소재로 한 창작물'에서 의사 체험만 해도 그렇게 열중하 게 되는데 직접 복수하는 게 어떻게 즐겁지 않을 수 있겠어. '어떻

게 복수해줄까' 준비할 때부터 이미 매일 의욕이 나서 즐겁지. 실
행할 때에는 더 상쾌하고 즐겁고. 그렇게 복수에 성공한 후에는 '아
아, 기분 좋았다'고 만족감에 차서 앞으로 나아가게 되는 거야. 너
희 언니는 그걸 하고 싶었던 거라고… 그런데 동생이 망쳐놓은데다
고마워하라는 태도까지 보이다니."

"언니라면 한 대 패주지."

단숨에 말을 마치고서 긴 숨을 토해낸다.
그런 쿠로네코를 감탄하는 눈으로 쳐다보며 말했다.
"너… 잘도 그렇게 쓰레기 같은 언니의 위험한 생각을 흉내 낼 수
있구나."
"언니를 쓰레기라고 하지 마!"
"지금 이 예상이 맞다면 절대로 옹호할 수 없겠는데. 어린애가 벌
써부터 근성이 너무 비뚤어졌잖아."
완전히 부모의 가르침이 잘못됐네. 그런 못된 애의 어리광을 받
아주면 안 된다고.
나라면 분명히 엄하게 가르쳤을 거야. 틀림없다. 맹세할 수 있다.
"어머, 선배. 그건 내 근성도 비뚤어졌다는 말인가?"
"그래. 그러고 보니 그렇네. 지금 생각났다."
최근에는 쿠로네코의 좋은 점만 눈에 띄어서 잊고 있었다.
뇌가 연애에 절어서 핑크빛 세상에 빠져 있었다.
쿠로네코는 우정을 중요하게 생각하고 가족을 위해 자신을 희생
하는 녀석인데다 걱정이 많고 친절하고 당차고 배려심 있고… 그건

그거고 말이다.

이 녀석, 딱히 좋은 사람은 아니었어. 근성이 비뚤어져 있었다고.

독자와 유저, 세상에 대한 복수를 원동력으로 삼아 창작에 매진하는 녀석이지. 질투에 사로잡혀 원망을 퍼붓는 그런 녀석이었어.

"아, 아니! 쿄우스케?!"

갑자기 험담을 시작한 나를 본 하루카는 크게 동요했지만.

쿠로네코 본인은 큭큭큭… 하고 기분 좋게 소리 내어 웃었다.

"잊지 말아줘. 이게 나야."

"알았어."

툭, 주먹을 맞댄다. 하루카는 그런 우리를 이해하지 못하겠다는 눈으로 쳐다보고 있었다.

"그러니까… 자매의 싸움에는 상호 이해와 접근이 중요해. 내가 할 수 있는 조언은 여기까지인데… 선배는 뭐 할 말 있어?"

"글쎄…."

나는 잠시 생각하다 입을 열고,

"혹시 몰라서 확인하는 건데, 하루카 너 언니랑 화해하고 싶다고 생각하는 거 맞지? 그래서 이런 상담을 하는 거지?"

이렇게 물었다.

"물론이지."

바로 대답을 한다. 나는 그 반응을 보고 더욱 자신감을 가졌다.

"그럼 걱정 안 해도 돼. 분명히 다시 가까워질 수 있을 테니까."

"…어떻게 그렇게 단언해? 쿄우스케는 아직 언니랑 만난 적도 없으면서."

"너한테서도, 네가 말해준 너희 언니한테서도 서로를 신경 쓰는 게 아주 잘 느껴졌거든. 화해하고 싶지만… 솔직히 나는 '뭐야, 사이좋네' 하고 생각했어."

"사이 안 좋거든! 완전 싫어하거든!"

"하지만 친해지고 싶지?"

"그건… 그렇긴, 한데… 지금은 친하지도 않고, 지금 언니는 싫어."

"그럼 역시 훨씬 낫네."

"어?"

"우린 더 심했거든."

옛날옛날, 어느 곳에….

사이 나쁜 남매가 살고 있었답니다.

"나랑 동생은 굉장히 사이가 나빠서, 한집에 살면서도 말도 한 마디 안 하고 눈도 안 마주치고… 서로가 서로를 질색해서 저 쓰레기 짜증이야, 죽어버리면 좋겠다, 생각하는… 구제할 방도가 없을 정도였어. 화해라는 발상 자체도 없었지. 평생 이대로 살겠지, 그렇게 포기했었어."

"…그런 우리도 여러 가지 일을 거쳐… 지금은 조금은 나아졌거든."

그러니까 너희는 걱정 안 해도 된다.

우리가 했는데 너희가 못 할 리가 없잖아.

나는 자신의 경험을 바탕으로 보장했다.

"뭐, 그러는 나도 걔랑 화해하고 싶었느냐 하면 좀 알쏭달쏭하고, 지금도 질색하는 상대고, 사라져서 속이 다 후련하다, 다신 돌아오지 마라, 생각하고는 있지만."

"그게 뭐야!"

"그래도 잘 지냈으면 좋겠다고 생각해."

진심에서 나온 말이었다. 그렇지 않았다면 말하지 않았을 테니까.

"내가 재채기할 때마다 걔, 감기는 안 걸렸을까 걱정되고, 밥 먹을 때마다 걔는 식사 제때 하고 있나 신경 쓰이고, 걔 방 앞을 지날 때마다 어서 빨리 돌아와라, 그런 못마땅한 기분이 들어."

"선배? 모순되는 발언이 섞인 것 같은데?"

"그렇지. 하지만 다 진심이야. 서로가 서로를 싫어하고, 걱정하고, 사라지길 바라고, 없으면 허전하고. 그런 거라고, 우리는. 남매란 그런 거야. 자매도 똑같지 않을까?"

무슨 말인지 알 수 없는 조언이라 미안하다.

그렇게 사과하자 하루카는 고개를 젓고서,

"그래… 싫어하는 사람을 좋아해도 되는구나."

이렇게 중얼거렸다.

"그 생각, 좋은데."

"그렇지?"

뭐, 나는 동생을 좋아하진 않지만.

"너 돌아가는 거, 내일… 축제날 저녁이었나?"

"아마도. 내가 아는 대로 흘러간다면 그럴 거야."

이 합숙 중에 '사건'이 일어난다느니 뭐 그런 말을 했지.

그건 하루카에게 바꿀 수 없는 굉장히 중요한 일이고.

그 결과가 나온 뒤에 돌아가겠지….

"그럼 그때까지 놀 수 있겠네."

"응!"

하루카는 씩씩하게 대답했다. 그 모습을 쿠로네코는 흐뭇하게 지켜보았다.

"축제 때 불꽃놀이 할 거지? 셋이서 같이 보러 가는 건 어때?"

"오, 그거 좋은데. 노점도 설 거라더라."

들떠하는 나와 쿠로네코를 보고 하루카만이 멍한 표정을 지었다.

"…괜찮아? 나, 방해되는 거 아냐?"

"방해는 무슨 방해. 그렇지?"

"응… 지금 우리가 그런 기분이라는 건… 네 귀환에 영향을 주진 않을 거야. 이렇게 만나게 됐으니까 끝까지 같이 있자."

수많은 생각이 담긴 말이었다. 아무도 자신의 생각 속에서조차 핵심은 건드리지 않는다.

섬에서 만난 소중한 친구와 작별할 시간이 다가오고 있다….

이건 단지 그런 일일 뿐이다. 그런 거라고 해두자.

"그래. 그럼 호의를 받아들이지."

히히 하고 웃는다.

"내일이 기대된다."

그렇게 우리는 계속 불꽃을 바라보고 있었다.

길고도 긴 시간이었다.

며칠, 몇 년을… 그렇게 있었던 것 같다.

마침내 불똥이 떨어졌다.

세 개의 선향 불꽃이 동시에 끝났다.

허무하게 땅바닥에 떨어져, 그걸로 끝.

불꽃놀이는 할 때에는 즐겁지만 마지막에는 묘하게 쓸쓸한 기분이 든다.

옛날옛날 어린 시절… 식구들이 불꽃놀이를 했을 때 동생이 울었던 게 생각났다.

고개를 들었다.

그곳에 있는 건 쿠로네코의 얼굴.

"끝나버렸네."

"응."

"정리할까?"

"그래."

말과는 반대로 나도, 쿠로네코도 쭈그려 앉은 채 움직이지 않는다.

다 타버린 선향 불꽃이 한 개, 우리 옆에 떨어져 있었다.

그렇게 단둘이서, 부장이 부르러 올 때까지 내내 그걸 바라보았다.

…굉장히 소중한 걸 잊어버린 것 같은 기분이다.

날이 밝고 아침이 되어도 그 느낌은 사라지지 않고 커져만 갔다.

'히텐 축제'는 관광객이 모일 만한 대규모 행사는 아니지만 우리가 도운 것도 있어 부원들은 무척 들떠 있었다.

축제 준비에 게임 취재, 기타 여러 작업들….

합숙에서 해야 할 일을 모두 마치고 다들 얼마 남지 않은 비일상을 즐기자며 즐겁게 떠들고 있었다.

나처럼 석연치 않은 답답한 느낌을 갖고 있는 사람은 한 명도 없었다.

힘을 높이 평가받은 아카기는 특별 취급을 받아 가마를 지는 역할에 뽑혔을 정도다.

함성을 지르며 마을을 천천히 걸어가는 오빠를 세나가 기뻐 날뛰며 사진으로 찍어댔지… 나한테서 빼앗은 디지털 카메라로!

저녁 무렵부터는 상점가에 늘어선 노점을 쿠로네코와 둘이서 돌아보았다.

오늘의 그녀는 첫날처럼 새하얀 원피스를 입고 있었다.

며칠 만에 보는 그 모습은 너무나 잘 어울려서 똑바로 쳐다볼 수 없을 정도였다.

마음이 가는 상대와 둘이서 축제 구경을 가는….

가슴이 터질 것 같은 상황.

노점에서 음식을 사 먹고, 고리 던지기와 사격에서 쿠로네코가 큰 활약을 하고, 인파에 떠밀려 놓칠 뻔한 바람에 손을 잡고….

완전히 데이트다. 변명의 여지가 없다.

완전완전완전완전완전히 즐거웠어… 하지만.

"저기, 선배. …우리… 뭔가 잊고 있는 거 아냐?"

"그러게. 나도 그 생각 하는 중이었는데."

가슴에 따끔 하고 바늘이 꽂힌 것 같은 느낌을 어떻게도 지울 수가 없었다.

문득 걸음을 멈추고 뒤를 돌아보았다.

섬의 어디에서 솟아난 건가 싶을 만큼 많은 사람들로 길이 가득 차 있었다.

…나는 지금, 누구의 얼굴을 찾고 있었던 걸까?

모르겠다.

"선배?"

"야, 우리, 이 합숙에서… 뭘 조사했었지?"

다 아는 걸 묻는데도 쿠로네코는 싫은 기색 하나 없이 대답해주었다.

"취재를 위해 '섬의 전설'에 대해 조사했어. '행방불명'에 대해서, '히텐 님'에 대해서, '이누마키 신사'의 유래에 대해서… 여러 가지로."

"아, 그랬지. 그건 생각이 나. …그런데 군데군데 빠진 데가 있지 않냐?"

"응?"

"우린 예정한 취재를 모두 마쳤잖아. 그런데 시간 순으로 생각해보려고 하면 구멍이 있는 것 같지 않아? 그래, 예를 들어… 첫날 저녁. 우린 사진을 찍으려고 나갔었는데 디지털 카메라에는 첫날 찍은 사진이 없어. 첫날에 찍었을 사진을 '다른 날에 찍었다'…, 이유가 뭐지?"

"그건… 글쎄… 잘, 생각이 안 나네."

"나도야. 그 밖에도 비슷한 구멍이 많아. …이건 뭘까. 기분 탓으로 치워버려도 되는 일일지도 모르지만."

중요한 거였던 느낌이 드는데 아무리 해도 생각이 안 난다.

살짝 고개를 숙이고서 오른쪽 가슴을 움켜쥔다.

"굉장히 답답해. 뭐라고 해야 좋지… 키리노가 깨기 어려운 에로 게임을 넘겨줬는데 결국 플레이하지 않고 까맣게 잊고서 일주일이

지나버렸을 때 같아."

"비유가 최악이네, 선배."

싸늘하게 노려본다.

"하지만 그 심정은 이해해."

"이래선 불꽃놀이를 즐길 수 없을 거야."

어제 일을 계속 이어갈 만한 분위기도 나지 않는다.

"그러게."

그러니까 정말로 아쉽지만… 할 수 없지.

"그럼 불꽃놀이 보러 가는 건 중지…."

…뭐어어! 뭐야! 그럼 안 되지!

그런 목소리가 들린 것 같았다.

"…쿠로네코, 너 지금 무슨 말 했어?"

"아니, 아무 말 안 했는데. 왜 그래, 선배?"

"아냐…."

나는 목덜미에 시선을 느끼고 다시 뒤를 돌아보았다. 그래도 보이는 풍경이 달라질 건 없는데도 말이다. 이것 봐, 저기엔 여전히 사람들이 가득….

없었다.

노점이 줄지어 선 상점가에는 한 명의 사람도 보이지 않았다. 요란한 매미 울음소리조차 사라지고 없었다.

나도, 쿠로네코도 눈을 휘둥그레 뜨고 말을 잃었다.

최대급으로 혼란에 빠져 있는데 몸은 자연스럽게 움직이고 있었다.

해야 할 일을 머리가 아닌 몸으로 이해하고 있는 것처럼.

사람이 사라진 길을 똑바로 걸어간다. 상점가를 지나 남쪽으로
향한다.

강렬한 기시감이 가라앉은 기억을 흔들어 깨우려 하고 있었다.

국수 가게 바로 옆에 낡은 안내 간판이 서 있었다.

…그래, 이 모퉁이를 돌아야지.

조급한 마음에 점점 걸음이 빨라진다. 쿠로네코가 숨이 차서 속
도가 느려지자 나는 그녀에게 손을 내밀었다.

부드러운 감촉.

나는 그녀의 손을 잡아끌며 산책로를 지나 긴 돌계단을 올랐고.

소박한 토리이를 통과했다.

정전기 같은 위화감이 목덜미에서 파직거린다.

그곳에는 환하게 장식된 경내는 없었다.

작은 사당이 덩그러니 서 있었다.

그리고….

"쿄우스케, 쿠로네코."

다시 만났네.

하얀 소녀는 쑥스럽다는 듯이 말하며 한쪽 손을 들었다.

"너희… 흐름이 딱 불꽃놀이 보러 갈 분위기였잖아. 왜 다른 걸
하려고 그런 거야. 예정이랑 다르거든요, 그거….'

"바보야, 네가 갑자기 없어지니까 그렇지."

키리노를 꾸짖을 때와 같은 말투였다.

"그래. 신경이 쓰여서 불꽃놀이에 집중이 되겠냐."

나도 자연스레 동생을 꾸짖듯 말이 나왔다.

"약속했잖아?"

"치이… 나도 약속 어길 생각 없었다고. 하지만 갑자기 그렇게 돼서… 일단 내내 같이 있기는 했는데."

다만 우리한테는 보이지 않았을 뿐이다.

…축제날 밤에 돌아간다고 했었지.

"…무사히 돌아갈 수 있을 것 같아?"

"응, 얼마 안 남았어. 느낌이 와. 이번에야말로 진짜로 작별이야."

새하얀 그녀는 처음 보는 흐릿한 모습이었고.

당장에라도 안개처럼 사라질 것만 같았다.

"그래… 허전해지겠다. 모처럼 친구가 늘어났는데."

"고마워. 하지만 다시 만날 수 있을 거야. 쿄우스케가 제대로 노력해준다면 말이지."

"야, 그게 무슨 의미야?"

"그런 의미인데?"

그녀는 내 콧등을 콕 하고 손가락으로 찌르더니,

으히히 하고 웃었다.

참 나… 깨닫고 나니 너무 닮았잖아.

콕 집어서 누구인 건 아니다. 한 명, 한 명하고는 그렇게 닮지 않았다.

하지만… 조금씩 내가 아는 녀석들과 닮은 데가 있었다.

어딘지 모르게 히나타와 닮았고.

어딘지 모르게 키리노와 닮았고.

어딘지 모르게 쿠로네코와 닮았고.

어딘지 모르게 나와 닮은… 미래에서 온 소녀.

그런 그녀는 마지막까지 진짜 이름을 말하지 않았다.

나도, 쿠로네코도 끝까지 묻지 않았다.

섬에서 만난 신비한 친구.

그거면 충분하다.

나는 작별의 순간이 가까워지고 있는 친구에게 가볍게 말했다.

"알아. 걱정하지 마라."

"정말 괜찮겠어~? 이 쿄우스케는 영 믿음직스럽지 못한 구석이 있어서 말이지~."

"시끄러워. 어서 가버려라!"

훠이훠이, 손으로 쫓는다.

"그리고 언니랑 잘 이야기해봐."

"화해하라고는 안 하네?"

"내가 듣고 짜증 났던 말이니까. …하고 싶으면 하면 되지."

"응, 알았어. 그렇게 할게."

"그래, 그렇게 해라."

해야 할 말은 그걸로 끝이다.

나와 교대하듯 쿠로네코가 조심스레 앞으로 나왔다.

"……………어떡하지."

"쿠로네코?"

"이럴 때… 무슨 말을 해야 좋을지… 모르겠어."

아… 아… 콧소리가 나네.

갑자기 친구와 헤어지게 된 뒤로 아직 반년밖에 안 지났지.

정이 깊은 이 녀석 성격이면, 이렇게 되겠네.

"울지 마, 쿠로네코."

하얀 소녀가 쿠로네코의 머리를 부드럽게 쓰다듬는다.

언니가 동생에게 하듯이.

"넌 나를 칭찬해줬지만 사실 그렇게 대단한 건 아니야. 네가 우는 걸 잘 달래고 멋지게 작별하는 방법이 아무리 해도 생각이 안 나는걸."

"…우린 널 잊겠지."

"응… 이번에야말로 위화감 없이 사라져서 다시는 생각나지 않게 될 거야."

그건 이미 알고 있던 거다.

조금 전까지의 우리는 군데군데 기억에 구멍이 나 있었으니까.

하지만 새삼 말로 듣고 나니 그렇구나 하고 이해가 됐다. 납득이 되어버렸다.

하얀 소녀는 쿠로네코를 사랑스럽다는 듯이 끌어안았다.

"도서실에서 기사 봤지? 아마 나도 그 아이들처럼 다 잊고 미래에서 눈을 뜨게 될 거야. 일어나면 옆에는 사이 나쁜 언니가 있고, 늘 하던 대로 싸우게 되겠지."

너희가 준 소중한 조언은 없어질 거다.

일주일의 추억도, 경험도 모두 다 되돌아가 사라질 거다.

"미래에는 아무것도 가져갈 수 없어. 그런 거겠지. …난 결국 여기에서 아무것도 하지 못했어. 왜곡은 고쳐서 원래대로 되돌렸고. 그러니까 돌아갈 수 있는 거야."

자신이 말한 대로 그녀는 가슴에 품은 소녀의 눈물을 그치게 하지 못했다.

이별만 더 괴롭게 만들 뿐. 자기까지 울먹이게 만들 뿐.

하지만.

"그래."

쿠로네코는 스스로 눈물을 멈추었다. 몸을 떼고 하얀 소녀의 얼굴을 올려다본다.

"네 타임 트래블에는 아무 의미도 없었어. 너와 보낸 시간은 흔적도 없이 사라지고, 너와 보낸 시간도, 너와 주고받은 대화도 내 미래에 아무런 영향도 주지 않을 거야. 앞으로 평생 기억날 일도 없을 거야."

"…그래."

"그래서 그게 뭐가 어쨌다는 거지?"

콧소리로 허세를 부려본다.

"나는 지난 일주일 동안 굉장히 즐거웠어. 넌 어때?"

"즐거웠어! 굉장히! 굉장히!"

"그럼 된 거 아냐. 너도 그렇게 생각했으니까 마음껏 논 거지?"

우리보다 현명한 그녀는 훨씬 전부터 눈치채고 있었을 거다.

그런데 누구보다도 전력을 다해 사라지는 날들을 즐겼다.

"응…!"

"마음이 잘 맞네. 나도 지금 그런 기분이거든."

두 사람은 같은 결론에 도달했다.

언젠가 사라질 무의미한 날들을 즐기자.

"쿠로네코."

"왜?"

"지금 말하긴 새삼스럽지만… 다시 한번… 친구가 되어줄래?"

"좋아. 배신자인 누구를 빼고 내 친구 제2위의 지위를 주겠어."

"뭐야… 1위가 아니라?"

"미안. 고마운 게 있어서 1위는 부동의 위치야."

"아하, 그럼 2위로 참을게. 아, 이제 시간 다 됐다."

"그래. 그럼 오늘은 여기서 헤어져야겠네."

두 사람은 서로 한 걸음씩 물러섰다. 앞으로 영원히 좁혀지지 않을 거리다.

그런데 우리는 가볍게 마지막 말을 주고받는다.

"응, 쿠로네코, 쿄우스케. 여러 가지로 고마웠어."

"감기 걸리지 마라."

"잘 지내."

"네에. 그럼 또 봐."

퍼엉, 불꽃이 흐드러지게 피어오른다.

아주 잠깐, 그 선명한 빛에 시선을 빼앗겼고,

…아, 우리 뭐 하고 있었지.

인적 없는 경내에서 우리는 나란히 불꽃을 올려다보고 있었다.

맞다. 나, 쿠로네코와 불꽃놀이를 보러 가기로 약속했었지.

앞뒤의 기억이 좀 흐릿한 건 그만큼 여유가 없어서일 거다.

슬쩍 옆을 보니 쿠로네코가 밤하늘을 올려다보고 있었다.

불꽃에 넋이 빠졌는지 신비로운 눈동자의 홍채가 가늘다.

그 모습이 너무 아름다워 망설여진다.

아아, 제길.

그렇게 열심히 이미지 트레이닝을 해왔는데, 다 날아가버렸다.

언제나 그렇다.

결국 나는 무계획으로 행동하는 수밖에 없다.

"…선배."

"아, 응… 왜?"

타이밍을 재는 사이에 상대방이 먼저 말을 걸어왔다.

힘겹게 대답을 하자 그녀는 밤하늘을 올려다보며,

"합숙, 즐거웠지."

조용히 속삭였다.

"응."

이번엔 자연스레 대답할 수 있었다.

"오길 잘했어."

"다행이네. 너희 식구들에게 고마워해야겠다."

"아빠가 선배 만나고 싶어 하더라."

"…진짜?"

야, 뭐야. 견제하는 거야?

마음이 가는 여자애의 아버지는 굉장히 만나기 싫은 존재 아니냐고.

"저기, 선배. …중요한 이야기가 있는데… 들어줄래?"

"안 돼."

그러자 쿠로네코는 드디어 내 얼굴을 쳐다보았다.

내가 잠깐 말을 머뭇거리는데.

…쿄우스케, 제대로 노력해줄 거라면서?

마치 등을 떠밀린 듯한 기분이 들었다.

"나도 너한테 할 말이 있어. 내가 먼저 할게."

"어…."

쿠로네코는 무척 놀란 얼굴이었다.

신비한 분위기가 사라지고 당황해서 동요하고 있다.

그런 그녀에게 아마도 상상했던 것과는 다른 말을 던진다.

"꿈을 꿨어."

"…어떤 꿈?"

"여기가 아닌 어딘가에서 너와 불꽃놀이를 올려다보는 꿈.

여기가 아닌 어딘가에서 너에게 수영을 가르쳐주는 꿈.

여기가 아닌 어딘가에서 '소중한 이야기'를 듣게 되는 꿈.

잘 기억은 안 나지만, 분한 느낌만이 남아 있어. 그러니까 내가 먼저 말해야겠다고 생각한 거야."

"나는 네가 좋아. 나와 사귀어줘."

"…나… 성격 비뚤어졌거든?"

"알아. 그런 점이 좋아."

"어둡고, 말수도 적고… 같이 있어도 재미없을지도 몰라."

"지난 반년 동안 내내 같이 있었잖아. 이게 평생 계속된다면 최고지."

우왓, 프러포즈하는 것처럼 되어버렸네! 실패다. 이건 너무 무겁게 느끼지 않을까…!

"아… 대답해줄래?"

내가 묻자 그녀의 눈동자에서 눈물이 넘쳐흐른다.

그러고서,

"…네. 잘 부탁합니다, 선배."

기쁘게 웃어주었다.

에필로그

그 뒤로 긴 시간이 흘러.

나는 다시 이 섬을 찾아왔다.

정말 오랜만이다.

조용한 경내에서 둘이 함께 불꽃놀이를 올려다보며 고백한 그 밤.

옛날이야기다. 아무래도 이젠 기억의 대부분이 흐릿해지긴 했지만 그때 내 고백을 받아준 아내의 얼굴은 어제처럼 선명하다.

그때마다 다시 반하게 된다.

우리 일가가 숙박 중인 곳은 미우라장과 흡사한 분위기의 민박이다.

넓은 방은 게임 연구회 무리와 묵었던 그 방을 연상케 했다.

청춘 시절의 향수를 한껏 음미하자는 아내의 제안이었다.

나는 흔들의자 등받이에 체중을 실었다.

그러고서 맞은편에 있는 아내, 코우사카 루리에게 말을 걸었다.

"그 녀석들, 어디까지 놀러 간 거지? 벌써 해가 다 져가는데."

"'행방불명' 전설에 대해 조사한대."

조용히 대답하는 그녀는 소녀 시절보다 더 아름다웠다.

긴 검은 머리는 그대로, 새하얀 피부도 그대로, 요염한 색향을 풍기고 있다.

경국의 미녀.

그렇게 표현하는 건 내가 아내에게 푹 빠져 있다는 걸 감안하더라도 지나치지 않다.

의자에 걸터앉은 루리는 무릎 위에 액자에 담은 그림을 올려놓고 있었다.

평범하기 그지없는 스케치북 페이지를 자른 것으로 그림이라곤 해도 아무것도 그려진 게 없다. 새하얀 백지다.

그 합숙에서 어느새 루리의 짐에 섞여 들어 있었다고 했다.

그런 이해할 수 없는 물건을 왠지 모르게 나도, 루리도 소중한 보물처럼 다루고 있었다.

이렇게 여행에도 갖고 올 정도로.

뭐, 우리에게는 그 합숙은 정말로 특별해서, 두 사람이 사귀게 된 계기였으니까 '연고가 있는 물건'이라면 뭐든지 소중하게 느끼게 되는지도 모르지.

"리노가 의욕에 넘치던데. 그러니까 어쩌면 정말로 '행방불명'이 될지도 몰라."

"아니, 애들 걱정은 좀 해야지. …찾으러 나가볼까?"

"괜찮겠지. 유리도 같이 있으니까."

"…하긴 그렇네. 유리가 같이 있으면 괜찮을 거야."

믿음직스러운 둘째 딸의 얼굴을 떠올리니 마음이 편해졌다.

하지만 뒤이어 덜렁대는 첫째 딸의 얼굴이 뇌리에 떠오르니 아무래도 걱정이 된다.

"…쳇."

"후후… 이렇게 단둘이 있는 거, 오랜만이네."

"…그러게. 그렇게 생각하니 나쁘지 않은 것도 같고."

쌍둥이가 커서 조금 손이 덜 가게 됐다 싶었더니 이번엔 장남의 반항기가 심해지고 넷째가 태어나고 해서 좀처럼 느긋하게 여유를 즐길 시간이 없었다.

"그 아이 나름대로 배려를 해주는 걸 거야."

"아니, 배려를 할 거면 애초에 부부끼리 가는 여행에 따라오지 않았겠지."

"그것도 그렇네. ……어머, 이런 이야기를 하는 사이에 탐험대가 돌아왔는걸."

탁탁탁탁. 요란스러운 발소리가 가까워진다.

마침내 미닫이문이 열리고 두 소녀가 방으로 뛰어 들어왔다.

"아빠, 엄마, 다녀왔어요…!"

코우사카 유리. 시원스러운 블라우스를 입은 소녀는 과거의 키리노가 떠오를 만큼 발육이 좋았고 쾌활한 매력을 한껏 흩뿌리고 있었다.

학업 우수, 용모 수려, 성격이 좋아 친구도 많은 완벽 초인.

1억 년에 한 명밖에 없을 최고의 미소녀이자 자랑스러운 둘째 딸이다.

한편 인사도 하지 않고 들어온 고딕 롤리타 소녀는 날 향해 똑바로 뛰어와선,

"쿄우스케! 쿄우스케! 내 말 좀 들어봐!"

힘껏 날 끌어안았다. 고양잇과 육식 동물이 뾰족뾰족한 이빨을

드러내며 사냥감을 향해 몸을 날리는 것 같은 기세로 말이다.

"내가 아빠라고 부르라고 했지…. 왜 그러냐, 리노. 즐거워 보이는구나."

"훗! 큭큭큭! 놀라지 말라고… 나는 드디어 신으로 승화했다!"

"그래, 그래. 리노는 참 대단하구나!"

나는 '얘, 도대체 무슨 소릴 하는 거야?' 라고 속으로 고개를 갸웃거리면서도 딸아이의 머리를 거칠게 쓰다듬어주었다.

그러자 리노는 눈을 질끈 감고서 기쁘다는 듯이 그 손길에 몸을 맡겼다.

이 애처로우면서도 우주 제일로 귀여운 생물은 코우사카 리노.

다른 이름은 3대 쿠로네코라고 한다.

…2대가 누구냐고? 본인이 흑역사로 삼고 싶은 것 같으니 언급하지 않을게.

그리고 3대의 이야기로 돌아가자면, 우리 집의 큰딸인 리노는 처음 만났을 때의 쿠로네코를 빼다 박은 외모를 갖고 있었다. 다른 점이라면….

언행이 훨씬 더 위험하다는 점, 운동신경이 좋고 발이 엄청 빠르다는 점, 입을 크게 벌리고 잘 웃는다는 점. 살짝 파더 콤플렉스가 과하다는 점 등등.

"후훗! 더 칭찬해줘, 쿄우스케!"

꾹꾹꾹꾹! 리노는 이마를 드릴처럼 내 가슴에 눌러댄다.

"그래! 얼마든지 칭찬해주지!"

자백하겠는데, 나는 이 큰딸이 너무나 귀엽다.

무한히 용돈을 주게 된다. 무한히 어리광을 받아주게 된다.

그때마다….

"거기 바보 부녀, 그쯤 하시지."

"아빠는 리 언니한테 너무 약해…."

부인과 둘째 딸에게 혼나게 된다.

"어쩔 수 없잖아… 딸들이 너무 귀여운 게 나쁘다고…."

"뭐어? 나 최근에 어리광 받아준 기억 없는데요?"

"오, 너도 안기렴?"

"싫어. 아빠, 기분 나빠…."

"……."

딸에게서 기분 나쁘다는 소리를 듣는 건 즉각적인 효과를 발휘한
다.

크으윽… 키리노 고모 흉내를 내다니. 경멸에 찬 눈빛까지 닮았
잖아.

나는 화제를 돌리기 위해 에헴 하고 헛기침을 한 번 했다.

"그래서? 너희, 이렇게 늦게까지 뭐 하고 있었냐?"

"있지, 우리가 '행방불명' 전설을 조사하려고 섬을 이리저리 둘러
봤는데…."

유리에게서 설명을 듣는다.

횡설수설 알아듣기 힘든 이야기였지만… 신사를 보러 갔다가 둘
이서 잠들어버렸다는 것 같았다.

같았다는 표현은 두 사람이 잠들기 직전의 상황을 기억하지 못하
기 때문이다.

그리고 일어났더니 이 시각이었다고 했다. 다치거나 도난을 당한
피해는 없다곤 하는데….

"여자애들이 위험하게…."

"그러게. 너흰 매번 아무리 주의를 줘도 위험한 곳에 가서 옷을 더럽히잖니… 적당히들 하렴."

"유리가 나빠! 유리가 날 억지로 끌고 갔다고!"

"뭐? 내가 이럴 줄 알았다니까! 이 거짓말쟁이야!"

"쿄우스케는 날 믿어줄 거지?"

"아니, 지금의 넌 거짓말을 하는 얼굴이다. 동생한테 잘못을 떠넘기는 건 나쁜 행동이야~."

"아빠! 엄하게 꾸짖어줘!"

"어, 엄하잖아?"

"하나도 안 엄하거든! 실실 웃고 있잖아, 진짜~~! 언니 정말 싫어! 이 파더 콤플렉스 중2병 환자야! 완전 재수 없어!"

"뭐라고! 신에게 반항하려 들다니, 배짱 한번 좋구나!"

으이이이익…! 크으으으윽…!

그렇게 쌍둥이 자매가 서로를 노려본다.

"너흰 참 사이가 좋구나."

""안 좋아!""

합창을 하네. 역시 사이좋잖아.

"그러고 보니 유리, 아까부터 리노가 신이라고 하는 게 무슨 소리냐?"

"무슨 신이 되는 꿈을 꿨대. 늘 하는 그거니까 신경 안 써도 될 거야."

"크큭큭! 꿈이 아니야. 나는 이세계로 가는 문을 열고 신으로서의 사명을 다하고 돌아왔단 말이야. 여행을 떠나기 전과 같은 시각으로."

"네, 네. 굉장하시네요. 역시 리 언니세요. 역시리… 역시리…."

유리는 전혀 상대도 안 해주고 가볍게 무시했다.

"아, 하지만 나도 이상한 꿈을 꾼 것 같아…… 잘 기억은 안 나지만."

"흐음, 어떤 건데?"

내가 묻자, 둘째 딸은 뭐라 형용하기 힘든 얼굴로 대답했다.

"아빠가 바람을 피우는 걸 돕게 되는 꿈."

"엄마 앞에서 그런 말은 농담이라도 하면 안 되지?"

아빠, 심장 벌렁벌렁!

슬쩍 아내의 안색을 살피자 기이하게 부드러운 미소가.

"…유리, 자세히 말해보렴. 네 말만큼은 그냥 꿈이라고 무시할 수는 없을 것 같구나."

"그냥 꿈이라니까! 난 너한테 푹 빠져 있어! 영원히 너뿐이야!"

"어머, 정말?"

기쁨을 숨길 수 없는 목소리라 살짝 안심했는데.

그 순간 리노가 끼어들었다. 나를 바싹 끌어안으면서 이렇게 말한다.

"쿄우스케, 나하고는 장난이었어? 같이 목욕하고 태어난 그대로의 모습을 서로에게 보여줬잖아."

"너랑 목욕 같이 한 건 10년 전이 마지막이잖아! 그거, 할아버지한텐 절대 말하지 마라!"

"어느 쪽?"

"둘 다!"

그런 시끌벅적한 대화에도 유리는 '늘 있는 일이지'라는 듯이 흔들리지 않는다.

태연히 엄마의 질문에 대답하는 유리.

"자세하게 말하라곤 해도… 잘 기억이 안 나는걸… 으음….”

꿈에 대해 깊이 생각에 빠진 듯한 둘째 딸이었지만.

아! 갑자기 뭔가 생각이 났는지, 아니면 뭔가 생각났는지 소리를 질렀다.

"나, 지금, 굉장히, 하고 싶은 게 있어!"

유리는 마치 친한 친구에게 말하듯이 말했다.

"우리 불꽃놀이 하자!”

향수가 내 가슴속에 소용돌이친다.

낯선 정경이 뇌리에 재생된다.

나와 쿠로네코와 섬에서 만난 친구가 하나가 되어 불꽃놀이를 하며 노는 장면.

여름의 추억.

함께 수박을 먹고, 물총 싸움을 하고, 나무에서 떨어진 친구에게 깔리고.

착각이겠지. 그 여름에 그런 정경은 존재하지 않았는걸.

하지만 존재하지도 않은 날들이 즐거웠다.

인생 최고의 여름방학이었다.

"좋았어, 해보자!”

나는 무릎 위에서 큰딸을 내리고 일어섰다.

젊은 시절의 나로 되돌아간 기분으로.

과거에 쿠로네코였던 아내에게 손을 내민다.

"그 해에 못지않을 만큼 멋진 여름으로 만들자고."

"바라던 바야."

사랑하는 사람의 손을 힘껏 잡았다.

— 다음 권에 계속 —

"내 마음을
깨달았을 때
결정했어.

이 사람과
하나가
되겠다고."

"지금의 나는 성천사 '카미네코'.
어둠의 권속에서 하얀 천사로 환생한 존재야."

"데스티니 레코드(운명의 기술)'를 말이야."

「내 여동생이 이렇게 귀여울 리가 없어」

쿠로네코와 쿄우스케의 여름은 아직 끝나지 않는다….

16

■Nae yeodongsaengi irerke guiyeoul riga upser **16**

쿠로네코if
하

"이제부터는 나를 '**언니**'라고 불러도 좋아."

발매 예정

작가 후기

후시미 츠카사입니다. 「내 여동생이 이렇게 귀여울 리가 없어 ⑮ 쿠로네코 if 상」을 읽어주셔서 감사합니다.

'후시미 츠카사 데뷔 10주년 프로젝트'의 하나로 시작한 if 시리즈는, 아야세 if가 큰 반향을 불러일으켜 이렇게 쿠로네코 if를 보여드릴 수 있게 되었습니다.

응원해주신 모든 분들께 깊은 감사를 드립니다.

아야세 if는 제가 전에 쓴 게임 시나리오를 바탕으로 한 소설화 작업이었던 반면, 쿠로네코 if는 모두 새로 쓴 이야기입니다. 왜냐하면 PSP게임 「내 여동생P」, 「내 여동생P 속」의 쿠로네코 루트 시나리오는 제가 아닌 시나리오 라이터님이 써주신 거였거든요. 이제 구하긴 어려울지도 모르지만, 게임에서는 전혀 다른 쿠로네코 루트 시나리오를 읽을 수 있습니다.

그리고 「내 여동생이 이렇게 귀여울 리가 없어」의 스핀오프 코믹으로 이케다 사쿠라 선생님이 그려주신 「내 후배가 이렇게 귀여울 리가 없어」라는 작품이 있습니다.

어느 작품에서나 쿠로네코와 맺어지는 미래가 그려져 있습니다.

쿠로네코 if에서도 그에 못지않게 쿠로네코가 행복해지는 if 스토리를 써나갈 생각입니다.

지금은 쿠로네코 if 하권을 열심히 작업하고 있습니다. 이 책이 여러분께 전해질 무렵이면 완성이 됐겠지요.

하권에서는 키리노와 사오리가 크게 활약합니다.

익숙한 동료들이 아키바에 모이는, 본편에서 수차례 있었던 일상 장면을 다시 제 손으로 써서 여러분께 선사할 수 있다는 게 기쁘네요.

마지막으로 중요한 안내입니다.

「소년 에이스」에서 모리 아이리 선생님이 쿠로네코 if의 만화화를 시작하십니다.

아야세 if에 이어 쿠로네코 if까지 만화로 만들어지다니…!

정말 고마운 일이에요. 꼭 읽어봐주세요.

2020년 6월

후시미 츠카사

character file.21
uuri Kousaka

Ch (background watermark: character file.21)

코우사카 유리

- 코우사카 쿄우스케와 코우사카 루리의 둘째 딸. 원래는 어머니와 똑같은
- 은 머리. 중2병인 언니에게 늘 휘둘려 피해를 보고 있다.
- 자각의 시스터 콤플렉스. 긴 여행을 거쳐 싫어하는 언니와 재회한다.

21

Nae yeodongsaengi irerke guiyeoul riga upser

내 여동생이 이렇게 귀여울 리가 없어 15

2021년 12월 8일 초판 인쇄
2021년 12월 15일 초판 발행

저자 · TSUKASA FUSHIMI
일러스트 · HIRO KANZAKI
역자 · 유정한
발행인 · 황민호
콘텐츠4사업본부장 · 박정훈
콘텐츠4사업본부장 · 김순란 강경양 한지은 김사라
마케팅 · 조안나 이유진 이나경
국제업무 · 이주은 김준혜
제작 · 심상운 최택순 성시원
한국판 디자인 · 디자인 우리
발행처 · 대원씨아이(주)

서울 특별시 용산구 한강로3가 40-456
편집부 : 02-2071-2104 FAX : 02-794-2105
영업부 : 02-2071-2061 FAX : 02-794-7771
1992년 5월 11일 등록 3-563호

http://www.dwci.co.kr/

원제 ORE NO IMOTO GA KONNANI KAWAIIWAKEGANAI Vol.15 KURONEKO if JOU
©Tsukasa Fushimi 2020
©BANDAI NAMCO Entertainment Inc.
Edited by 전격 문고
First published in Japan in 2020 by KADOKAWA CORPORATION, Tokyo.
Korean translation rights arranged with KADOKAWA CORPORATION, Tokyo,
through Korea Copyright Center Inc.

한국어 판권은 대원씨아이(주)의 독점 소유입니다.

이 작품은 KADOKAWA CORPORATION과 독점계약한 작품이므로 무단복제할 경우 법의 제재를 받습니다.
잘못 만들어진 책은 구입하신 곳에서 교환해 드립니다.
정가는 표지에 명시되어 있습니다.

ISBN 979-11-362-9441-8
ISBN 978-89-252-6202-4 (세트)